山口勝美
YAMAGUCHI Katsumi

完結編・人生の百倍返し

遠い世界へ

文芸社

これまでのあらすじ

昭和五十一年（一九七六年）に丸の内銀行に入行した山本直人は、初任店の福岡支店でその後の直人の仕事の武器となる会計知識を身につけ、次の元住吉支店では、直人の人生の師と仰いだ親密取引先の菅山社長に現場第一主義を教えてもらった。

二つの営業現場を経て企画部に異動し、ここで八人の頭取に仕えて、四半世紀にわたり企画部に在籍することになった。その間、直人は初めに大蔵省担当（ＭＯＦ担）となり、長い間続けられてきた護送船団方式に風穴を開けようと孤軍奮闘する。

その後、丸の内銀行のニューヨーク証券取引所上場に携わり、この経験を活かして日本のバブル崩壊に伴う不良債権問題や、旧態依然とした銀行の「事なかれ主義」に立ち向かう。

ところが、ミツワ銀行と東洋銀行が統合したＵＢＪ銀行の救済合併に伴う税務上のある問題から、退職を余儀なくされてしまう。

直人は三十五年間、家庭を顧みる余裕もなく仕事に没頭してきた自分の銀行員人生を振り返り、その間、妻の洋子が看護師という天職を抱えながらも、三人の子どもたちを立派に育ててくれたことに改めて感謝する。

第二の職場となった会計教育財団でも、解散の危機を何とか回避すると、その後は公認会計士試験に合格した実務補習生の教育に専念する。

一方、この頃日本政府は海外からの投資を呼び込むため、日本企業に国際会計基準を導入させようとする国家プロジェクトを立ち上げ、直人にその旗振り役を命じた。

直人は財団の事務局長として悪戦苦闘しながらも、着実に成果を挙げつつあった。

だが、その矢先に洋子が難病に襲われた。

直人は洋子を何とか完治させようと、財団を道半ばで退職し、介護に専念する。

そんな時、直人を慕っていた補習所の教え子で、丸の内ＵＢＪ銀行に中途入行した寺田毅が過労が原因で事故死する。

直人は葬儀での同行の対応に激怒し、

「トップバンクに上り詰めることができたのは、一体全体誰のおかげであったのか」と自問自答する。そして直人は、それが銀行のために夢の途中で犠牲になった、多くの企業戦士たちのおかげであったことを悟る。

直人は洋子を介護しながら、こうした企業戦士たちの遺児や、洋子と同じように難病と闘っている子どもたちに、自分のこれからの人生を捧《ささ》げようと決意を新たにする。

直人は洋子の在宅介護に専念する中、ふと自分たち家族のことを考えるようになった。

ある日、家族の一員であった老犬グレートを引き取って、逗子で看病していた長女の久美から、

『今朝、グレートが自分の膝の上で眠るように天国に召されて逝きました。今頃は先に逝ったあきちゃんやポッケと仲良く遊んでいるよ』とメールが来た。

直人は前日の深夜、逗子にいるはずのグレートが、この家に来ているような気配を感じていた。グレートは、長い間飼い主であった洋子に、お別れを告げるために来てくれたのだろうと思った。

そしてその時、病気で声が出せない洋子が「グレート、グレート」と、まるでグレートがすぐそばにいるように呼んでいた。

それは間違いなく、山本家の一員であった愛犬グレートの「人生の百倍返し」そのものであった。


その後、直人はトップバンクに上り詰めた古巣の銀行が次の目標をなくし、第二の職場での教育財団も、設立当初の目的を見失ってしまっていることを知って、何とかして恩返しを果たそうと奮闘する。

その間にも洋子の難病は次第に進行し、夫である直人が誰であるかもわからなくなった。

さらにそんな時、川崎に引き取っていた直人の母が亡くなり、その翌年には、長年洋子の家

族を女手一つで支えて来た義母も永眠してしまった。

ところが義姉と義弟は、実の姉妹である洋子のことを気にかけることもなく、義母の遺産相続を巡り骨肉の争いを始めてしまう。

直人は毎日の在宅介護を続けて行く中で、

「人間が生きていくために本当に大切なものは何か」と自問自答する。

そんな中、丸の内銀行の入社同期の平塚が難病に罹《かか》ったという知らせを受ける。

突然、車椅子《くるまいす》生活になってしまった彼は、それでもなお妻の献身的な支えを受けて前向きに生きていた。

直人は彼らの「夫婦愛」の中に、本当の「生きる喜びと悲しみ」を知るのであった。

「完結編・人生の百倍返し　遠い世界へ」　もくじ

第二部　介護編

第三部　郷愁編

主な登場人物

第一部　銀行編

・山本直人　丸の内銀行福岡支店・元住吉支店係員・企画部次長・月島支店副支店長
・小木弘昭　丸の内銀行福岡支店係員（直人の同期）
・山之内闊人　丸の内銀行福岡支店常務取締役支店長
・島崎栄吉　丸の内銀行福岡支店副支店長
・棚橋憲一　丸の内銀行福岡支店貸付外為課次席・サンフランシスコ出張所所長
・幸田治　丸の内銀行福岡支店係員（直人の後輩）
・綾小路薫　丸の内商事福岡支店ＯＬ（直人の幼なじみ）
・富田二郎　博多警察署警務課課長
・松原秀一　丸の内銀行月島支店支店長
・長谷部正　丸の内銀行月島支店営業課長
・田邊滉　ミツワ銀行月島支店常務取締役支店長・ミツワ銀行頭取
・村田秀夫　法務省民事局商事課課長補佐
・竹田武蔵　内閣府金融担当大臣

・大崎俊一　大蔵省銀行局課長・大蔵省検査局部長
・平田誠　丸の内銀行元住吉支店係員（直人の後輩）

第二部　介護編

・山本直人　年金生活者（在宅介護者）
・山本洋子　山本直人の妻（看護師）
・植木欣一　長崎道の駅精神科病院副院長
・浅井次郎　長崎東西病院神経内科医師
・杉山三郎　桜田門病院神経内科医師
・本間京子　桜田門病院内科医師

第三部　郷愁編

・山本直人　年金生活者（在宅介護者）
・山本洋子　山本直人の妻（看護師）
・山本久美　山本直人の長女
・山本愛子　山本直人の母
・山本正男　山本直人の父

・富山三朗　年金生活者（直人の同級生）
・大野富士子　大音寺幼稚園先生（大野産婦人科病院院長夫人）
・黒岩エイ子　南大浦小学校教師
・有江辰之輔　梅香崎中学校バスケット部キャプテン（直人の同級生）
・山下スマ　山本洋子の母
・山下久美　山本洋子の姉
・山下雄　山本洋子の弟
・武藤加代　山本洋子の姉
・武藤郁二　武藤加代の夫

第一部　銀行編

序章　独身寮

直人は令和元年（二〇一九年）十一月二十二日に、川崎で洋子の在宅介護をスタートさせた。最初は生まれて初めての経験に、文字通り無我夢中の毎日であったが、次第に在宅介護にも慣れ、ある程度介護生活をコントロールできるようになってきた。

ところが、この頃から新型コロナウイルスの感染が拡大し始め、外出が制限されるようになると、近くのスーパーでの買い出しも三日に一度になってしまった。

そんなある日のこと、スーパーの近くの東急田園都市線宮崎台駅の構内で、真新しいスーツ姿の、誰が見ても新入社員とわかるような初々しい集団に遭遇した。

直人は、思わず自分が新入社員だった頃にタイムスリップしてしまった。

サラリーマンが、「あなたはこれまでのサラリーマン人生でどの時代が一番良かったか？」と聞かれたとき、ほとんどの人が答えるのは、やはり「新人社員の時代」であろう。

直人は昭和五十一年（一九七六年）四月一日に当時の丸の内銀行に入行し、最初に福岡支店に配属され、そこで社会人一年生としてスタートを切った。

福岡支店は九州地区の母店で、他に北九州・長崎・熊本の三つの支店が傘下にあり、支店長が常務取締役の役員店舗であった。総勢一五〇人以上の行員が在籍しており、現在と比べると三倍以上の大人数であった。毎年秋に開催されていた店内旅行では大型バス三台を貸し切って九州各地の観光地を訪れることが恒例になっていた。

福岡支店の建物は、本店と同じように真ん中が吹き抜けになっており、大理石造りで堅牢《けんろう》かつ重厚な雰囲気を漂わせていた。

一階は中央に支店長席、その下座に二つの副支店長席があり、三つの支配席を取り囲むように営業課・資金課・貸付外為課が配置されていた。さらに一階の行員通用口の横には庶務行員室があった。

二階は外回りの業務課、三階は会議室と書庫、それに今ではその存在さえ忘れられてしまった『電話交換室』があった。そして四階は行員食堂と休憩室になっていた。

この年に福岡支店に配属となった新人は、男性三人と女性三人の計六人であった。

男性は、京都大学卒の小木弘昭、長崎大学卒の直人、それに熊本商業高校卒の森下孝二。女性は天野知子、末永佳子、佐藤清香の三人で、全員が地元の高校を今年卒業したばかりだった。

直人は営業課の普通預金・当座預金を扱う流動性預金係に、小木は国内送金や配当金の支払事務を行う為替係に、森下は現金や小切手などを取り扱う資金係にそれぞれ配属された。女性陣は天野が定期預金係、末永は電話交換室、佐藤は資金係に配属された。

新人六人は、店内の行事でいつも真っ先に指名され、余興などをやらされた。毎年恒例の新人歓迎会は、桜が満開の大濠《おおほり》公園で開催された。

新人たちはこの日、上司から仕事を早々に切り上げるように指示されていた。花見会場の場所取りを命じられていたのである。今から考えると、この頃は「預金金利自由化」という嵐の前ののどかな良き時代だったのかもしれない。

当時、お花見の余興の定番は、

「電線に　スズメが3羽　止ってた　それを猟師が　鉄砲で撃ってさ　煮てさ　焼いてさ　食ってさ　ヨイヨイヨイヨイ　おっとっとっと……」という『デンセンマンの電線音頭』で、お花見会場の至るところでこの歌声や歓声が飛び交っていた。また、この頃爆発的な人気があったピンクレディーの『ＵＦＯ』や『ペッパー警部』なども余興でよく披露され、みんなこの歌に合わせて踊っていた。

独身寮は、福岡市西区（現、早良《さわら》区）西新《にしじん》の百道《ももち》の海岸のすぐそばにあった。寮の電話番号が「八二一―四九八九」であったため「パンツ一丁四苦八苦」という語呂合わせでみんな覚えさせられたものである。

建物は二階建てで、一階は食堂、風呂場、管理人室があり、二階に四畳半の部屋が八つあった。一番奥が寮長の部屋で、唯一冷暖房が完備されていた。

この時の寮長は、昭和四十五年（一九七〇年）入行の棚橋憲一であった。彼は九州大学法学部を首席で卒業したという秀才で、直人と小木は毎週日曜日に、彼から銀行員としての基本を叩《たた》き込まれた。

棚橋は、福岡支店に異動する前は通産省（現経産省）に二年間出向していた。彼は仕事が終わるとよく新人たちを、独身寮近くの地行《じぎょう》の川沿いにあった「まき」という居酒屋に連れて行ってくれた。女将《おかみ》は生粋の博多っ子で竹を割ったようなさっぱりした性格であった。

この居酒屋は、丸の内銀行と新日本興業銀行の若手の行員たちの溜《た》まり場になっており、みんなで天下国家の議論を闘わせていた。

棚橋は「金融は経済の血液である」と、これから日本の企業が成長していくためには民間銀行の役割がますます重要になるという持論を展開し、新日本興業銀行の行員たちはそのために企業調査の重要性を力説していた。

当時、新日本興業銀行の企業調査力は、銀行業界の中では群を抜いていた。直人も小木も彼らの話に目を輝かせながら傾聴していた。

棚橋は四角い顔をしていたことから、よく『ゲタ』というあだ名で呼ばれていた。彼はこの後、本部の情報開発室（各支店同士の取引先のニーズをマッチングさせる部署）を経て主に海外畑を歩み、企画部に異動になった直人は、十数年後に彼とサンフランシスコで再会することになる。

その当時、邦銀は世界の銀行が公約していた国際自己資本比率規制をクリアするために、競い合って資本の調達に奔走していた。国内の機関投資家はもとより、海外の投資家からもまとまった投資を呼び込むため、世界各国で会社説明会（広報活動）を頻繁に開催して投資を募っていた。

直人は財務担当のトップだった高梁副頭取にお供して海外出張を繰り返していたが、その最初の訪問地であるサンフランシスコで、思ってもいない懐かしい先輩と再会したわけである。それが福岡支店当時の独身寮の寮長であった棚橋憲一であった。

彼はその時、サンフランシスコ出張所の所長として、副頭取を空港まで迎えに来てくれていた。直人は少し興奮しながら棚橋に挨拶した。

「棚橋さん、お久しぶりです。まさかこんなところで寮長にお目にかかれるとは思ってもみませんでしたよ」

「おお、山本か。副頭取のお供とは、お前も出世したもんだなあ。あの頃の、正義感だけがやけに強くて生意気だった新人のお前からはとても想像できない出世だよ。

あの時、お前と相部屋だった小木も、先月取引先を案内してサンフランシスコに出張して来たよ。二人とも、これからの丸の内銀行を背負って立つ出世頭になったもんだな」

棚橋は満面の笑みを浮かべていた。

ところが、この後すぐに彼は、長年の激務からか体調を崩して帰国することになった。彼は相当なヘビースモーカーで長年にわたりたばこが手放せず、肺がんの「ステージⅣ」まで追い詰められていたのだ。

彼は帰国するとすぐに直人に「福岡会」を開催しようと連絡してきた。直人は幹事として当時在籍していた若手を三十人ほどを集めたが、「福岡会」の会長の棚橋は病気が悪化して、残念ながら出席することはかなわなかった。そしてその一年後に、彼は早々と人生の幕を下ろしてしまった。あんなに元気で後輩の面倒見も良く、仕事のできた秀才が、またしても会社のためにこの世を去ってしまったのだ。

この頃、直人がお世話になった身近な先輩たちが、次々に第一線で命を落としてしまった。棚橋は、毎週日曜日に独身寮で直人と小木に熱心に指導してくれた。あの寮長の酒やたばこでかすれたような声を、もう聞くことはかなわなくなった。彼の話は今でも鮮明な記憶として直人の頭の中に残っている。

「山本、取引先の財務実態を正確に把握するには、二つのことが重要なんだ。それは取引先の現在の取引状況と資金の動きなんだ。つまり『取引先概要表』と『資金繰表』がそれだ。この二つをまず自分自身で作ってみることが何よりも大切なんだ。

貸付係に入ったら、とにかく担当先の『取引先概要表』を自分で新しく作成してみることだ。そうすれば一気に取引先の理解が深まり、様々な疑問も生じるはずだ。そうした疑問を自分自身で解決していくプロセスが一番重要なんだ。

そして、もう一つが『資金繰表』だ。これを取引先の経理担当者にヒアリングして、これもまず自分自身で作成してみることだ。前任者が作成したものをそのまま踏襲してはダメだぞ。企業は生き物であり、資金の流れは日々変わっているからな。自分で作成することにより、取引先の最新のキャッシュ・フローの実態がよくわかり、その結果、取引先がいつ資金が必要になるかが明らかになるはずだ。そうすれば取引先にいろんな提案ができる」

話を独身寮のことに戻すと、新人は全員相部屋で、直人と小木は一緒の部屋であった。独身寮から支店までは西鉄バスを使って通勤した。この頃、天神地下街は既に完成していたものの、地下鉄はまだ建設中で路面電車が街を走っていた。

直人は先輩から「新人は見習い期間の三か月間は残業なしで早く帰れる」と聞いていたが、入社初日から計算違算（入金と支払の合計が一致しない）が発生し、新人も残され夜の十一時過ぎまで全員残業を余儀なくされた。

直人はとんでもないところに入ってしまったなあと後悔するとともに、これだけ多くの営業課の行員が残業して計算を合わせなければ帰れないという、旧態依然とした銀行の仕事のやり方に大いに疑問を持った。こんなことを続けていたら残業代が嵩《かさ》み、支店の採算が取れなくなるのではないかと思ったからである。

しかし、その疑問は、前月の残業表を上司に提出した時に解決した。全員の毎月の残業目標が設定されており、誰もがその上限目標を超えることなく、しっかり守っていることになっていたからである。

直人は係長に質問した。

「係長、こんなことをして労基法（労働基準法）に違反することはないんですか？」

「山本君、これが日本の企業の強みなんだよ。だから国際競争にも勝ち残れるんだよ」

「しかし、係長。給料は仕事の対価として支払われるんですよね。実際に時間外に仕事をしているのに、その対価が支払われないということはおかしいと思うんですが。内部告発でもされたら一発で労基法違反となり、経営者や管理職は罰せられますよ」

「そこが日本の企業のよいところなんだよ。君もそのうちにわかるよ」

この頃はまだ「内部通報制度」などは存在せず、法令遵守の重要性が認識されていなかった。経営者にとってはまさに都合の良い時代であった。その代償として、末端の行員たちは当たり前のように「サービス残業」を強いられていたわけである。それが日本のサラリーマンの常識でもあった。

直人は、最初の給料六万七〇〇〇円で大きなスチールの机と椅子を購入し、残ったお金の中から日本酒を二升買って独身寮に持ち帰り、酒が好きな管理人と食堂で早い時間から酒盛りを始めた。

「山本君、君は最近の若者にしては礼儀をちゃんとわきまえているなあ。きっと将来出世するよ」

「いえいえ、そんなことはありませんよ。ただ寮に入った時から最初の給料で、お世話になる管理人さんと一緒に酒が飲めたらいいなあと考えていただけなんです」

「そうだよ。そこが他の寮生とは違うところなんだよ。他の奴らはみんな俺を避けているんだよ」

ここまでは和気藹々《わきあいあい》に進んだものの、直人は酒好きと聞いていた管理人がとんでもない酒豪だとは思ってもいなかった。帰ってきた寮生たちは、二人を避けるように離れたところで食事をしていたのである。直人は何人もの寮生に「一緒に飲みませんか？」と誘ってみたが、相手が酒豪の管理人だったので誰も近寄ろうとはしなかった。

そのうちに寮長が帰ってきて、ようやく二人だけの酒盛りに参加してくれた。ここからいつものように「九州男児論」が始まったのである。管理人は生粋の博多っ子で、酔うとすぐに黒田節を歌い出す癖があった。

「酒は飲め飲め飲むならば　日の本一のこの槍《やり》を　飲み取るほどに飲むならば　これぞ真《まこと》の黒田武士……」

一方、寮長は熊本出身で、こちらは「おてもやん」（『女中さん』という意味で熊本弁の歌詞が強く出た民謡）が十八番《おはこ》の歌であった。二人は直人に、

「おまえも何か歌え」と注文をつけてきた。直人は歌はあまり得意ではなく、唯一知っていた長崎の民謡「島原の子守唄」を仕方なく歌い始めた。

「おどみゃ島原の　おどみゃ島原の　ナシの木育ちよ　何のナシやら　何のナシやら　色気なしばよ　しょうかいな　早よ寝ろ泣かんで　オロロンバイ　鬼《おん》の池ン久助《きゅうすけ》どんの連れんこらるバイ」

この唄を聞いて、二人が二番を歌うのを制止した。

「暗い、暗い。そんな暗い歌はやめてくれ。もっと明るい歌を頼むよ」

直人は宴会歌は、これともう一つしか知らなかった。「長崎は今日も雨だった」である。

「その歌も暗いなあ」と二人に呆《あき》れられた。

こうして新人の初給料日の宴会はお開きとなった。ところが、この後とんでもない事件が起きたのである。もう午前零時をとっくに過ぎた頃に、単身赴任で独身寮の客間に宿泊していた島崎副支店長が、取引先の接待を受けて上機嫌で帰ってきたのである。

彼は自分が独身寮で一番偉いと思っており、すぐに管理人と寮長を叩き起こし、寮生全員を食堂に集合させるように命令した。

寮生たちは目をこすりながら寮長の指示に従って食堂に集まった。ところが、直人だけがこれに従わなかったのである。島崎は再度直人を起こして来るように寮長に指示した。寮長は再び直人の部屋に向かい、何とか直人を説得して食堂に連れてきたのである。

全員揃《そろ》ったところで島崎は直人に、

「お前は新人のくせに副支店長の俺の指示に従わないとは、いい度胸をしているな。お前は一体誰から給料をもらっていると思っているんだ？　新人なんて、当面は俺たちが稼いだお金をただでもらって勉強させてもらっているようなものなんだ。俺の言うことが聞けないというなら、さっさとうちの銀行を辞めてしまえ！　お前はもうクビだ！」

直人はとうとう堪忍袋の緒が切れ、寮長が止めるのを振り切って立ち上がると、島崎を睨《にら》みつけてこう言った。

「私はあなたから給料をもらっているわけではありません。私たちは株主や取引先から給料をもらっているんです。決して上司からもらっているわけではありません。

あなた方は、株主から銀行の経営を委任されている使用人でしょう？　そうであれば私たち従業員が、明日の仕事にベストを尽くせるようにしなければならないんじゃありませんか？

夜中に部下を叩き起こして、明日の仕事に支障を来させるようなあなたの行動こそ、上司として許されない行動ではないんですか？

私は明日の仕事にベストを尽くすため、もう寝ます」

島崎は直人の正論に急に酔いが覚めたのか、

「山本、今日のことをよく覚えておけ。ただでは済まさんぞ！」と叫んだ。

叩き起こされた寮生全員が、直人の言うことに「その通りだ。よく言った」と頷《うなず》いていた。

しかし、こうした副支店長のパワハラは、まだまだ序の口に過ぎなかった。この翌年の秋の店内旅行の宴会の最中に、次の事件は起きた。直人の一つ下の新入社員であった幸田治が、そのパワハラ副支店長の餌食になってしまったのだ。

この旅行には支店長が急用で参加できなくなり、副支店長が実質トップとしてこの旅行を取り仕切った。酒を飲んだ勢いもあってか彼は本性を現し、傍若無人に振る舞い始めたのである。

「おい、幸田、お前新人なんだから、もっと宴会を盛り上げろ！　裸踊りでもやれよ！　どうせ仕事はできないんだから、それくらいはできるだろう。この給料泥棒が！」

幸田は副支店長のパワハラにじっと耐えていたが、最後の言葉にさすがに堪忍袋の緒が切れてしまった。彼は剣道五段の達人で腕力には自信があった。彼は副支店長に近づいて拳を振り上げた。それに驚いた副支店長は、逆に彼を脅しにかかった。

「幸田、その拳は何だ。それで俺を殴ろうというのか。殴れ、早く殴ってみろ。宴会といえども新人の分際で副支店長に暴力を振るったとなれば、お前は即刻クビだ。さあどうする。どうするんだ」

直人はその副支店長の脅し文句に驚き、幸田の背後に回って彼を止めようと羽交い締めにした。その時、再び副支店長がダメを押した。

「仕事ができない同士で慰め合いか。去年も今年も情けない新人ばかりだな。もっと骨のある新人はいないのか」

今度はとうとう直人の堪忍袋の緒が切れた。

「副支店長、あなたは自分が新人の時、仕事がそんなにできたんですか？　給料に見合う仕事をしていたんですか？　誰だって新人の時はそんなに仕事ができるはずはないでしょう。しかしながら、日々努力を積み重ねることで仕事ができるようになるんじゃありませんか。最初から仕事ができる新人など、どこの会社にもいるはずはありません。そうじゃありませんか、副支店長」

「平社員の分際で聞いたような口をたたくな。もういい、お前たちにはそもそも期待していない。さっさと出て行け。せっかくの酒が不味《まず》くなる」

直人と幸田はとうとう副支店長に睨まれてしまった。この後、副支店長のパワハラはさらにエスカレートすることになったのである。

第一章　恋愛

副支店長の直人へのパワハラは、人事権を振りかざした卑劣なものであった。

大卒の男性新人は最初に配属された支店では、まず営業課を一年経験してから次の部署に異動させることがこれまでの慣例になっていた。最初の支店での在籍期間三～四年のうちに、すべての支店の業務を経験させるためであった。

直人の同期の小木は、その通り一年後に為替係から既存法人取引を担当する業務課の法人グループに異動になったが、直人は一年過ぎても最初の預金係のままであった。みんなは直人が独身寮で副支店長に楯突《たてつ》いたため嫌がらせをされているんだろうと薄々わかってはいたが、そのことを公言して副支店長に睨まれることが怖くて、誰もそんなことを表立って言えなかったのである。

そんなある日、直人は山之内支店長に呼ばれた。

「山本君、預金の仕事にはもう慣れたか？　銀行の業務はまずは預金を集めることから始まるんだよ。つまり、預金業務は銀行業務の基本中の基本なんだ。これはおそらく新人の時にしか勉強することができないから、今後あなたにとって貴重な経験になるはずだよ。

ところで、先ほど島崎副支店長に『小木君はすでに業務課に異動させたのに、なぜ山本君を異動させないのか』と聞いたら、『本人がどうしても預金係を続けたいと希望している』と言っていたが、それは本当のことなの？　そんなに預金業務を覚えるのに時間がかかっているの？」

直人はそれを聞いて、思わず『本当は独身寮での副支店長との言い争いが原因です』と喉まで出かかったが、それでは独身寮での単なる酔っぱらいの口論と受け止められるのではないかと考え、思いとどまった。直人は、『そもそもこの場にいない副支店長を非難するような卑怯《ひきょう》なやり方は、自分の信条に反する』と思ったのだ。

そこで、支店長に預金係を続けたい理由をこう説明した。

「支店長、これから預金金利の自由化により、銀行の収益環境は一段と厳しくなりますよね。預金業務、特に個人預金は、これまでのように儲《もう》からなくなるんじゃないかと思っています。したがって銀行側の体制も、それに合わせて変えていく必要があるのではないでしょうか。

具体的には、一階の預金窓口業務と二階の後方記帳業務を一本化して、経費削減を図る必要があると思います。そこで、今こうした預金係の体制の見直しを係長と検討しているところなんです。だからもう少しこの業務を続けたいんです」

直人のこの作戦は、副支店長を直接批判することもなく支店長に肯定的に受け入れられ、すぐに店内に「経費削減対策チーム」が立ち上げられた。そして直人はそのチームリーダーとして異動することになった。

副支店長は内心面白くなかったが、支店長の指示ということもあり、渋々直人をこのチームに異動させることになった。

この時、直人は嫌な相手に対する「百倍返し」にはいろんな方法があることを、このように悟った。

「嫌な相手を打ち負かす方法は様々であり、まともに相手と喧嘩《けんか》するだけが能ではないんだ。相手に気付かせずに、結果的にその相手を打ち負かす方法があるんだ。つまり、それは『百戦百勝は善の善なる者に非ざるなり。戦わずして人の兵を屈するは、善の善なる者なり』という『戦わずして勝つ』孫子の兵法そのものである」と。


そうした新しい仕事に取り組んでいた時に、ある電話が直人にかかってきた。

「山本さん、綾小路薫さんという若い女性からお電話ですよ」と、交換台に配属されていた同期の末永佳子からの連絡であった。

「はい。山本ですが」

「直人、本当に直人なの？　私を覚えてる？　磨屋《とぎや》小学校一年一組で一緒だった綾小路薫です。お久しぶり」

薫は、直人の父親がまだ長崎の銅座町で理髪店をしていた頃に、近くで『綾の湯』という風呂屋を営んでいた綾小路家の末娘だった。同じ町内の近所の風呂屋と床屋という関係からか、家族ぐるみで親しくしていた。

「おお、『綾の湯』の薫か。久しぶりだな。今どこにいるの?」

「直人、実はあなたが今いる渡辺ビルの向かいの、天神ビルの五階にいるの」(天神交差点の四つ角には、天神ビル・福銀ビル・岩田屋ビル・渡辺ビルがあった)

「そうか。天神ビルの五階には、確か丸の内商事が入っているよね。そこに勤めているんだね。さすがにいい会社に就職したね。でも、なぜ俺が丸の内銀行にいるとわかったの?」

「実はね、おたくの銀行の小木さんという外回りの方が、毎日うちの会社に集金や支払などの手続きに来てくれているの。先日、その小木さんから『お互い丸の内グループ企業なんだから、今度新人同士で同期会でもしませんか?』と声をかけられたのよ。その時彼が、「あなたと同じ長崎出身の、山本直人という自分の同期がいるんですよ」と話してくれたので、もしかしてあの幼なじみの直人じゃないかと思って、試しに電話してみたのよ」

「そうか。それはまた奇遇だね。世間はなんて狭いんだろうね。まさか薫がこんな近くにいたとはねえ。これはきっと神様のお導きかもしれないなあ。ぜひその丸の内グループ企業の同期会とやらをやろうよ」

丸の内銀行と丸の内商事という、同じ丸の内グループ企業の同期会の開催日は、翌週の金曜日に決まった。

当日、丸の内銀行側は同期六人、丸の内商事側は男性二人と女性二人の計四人、総勢十人の同期会となった。丸の内商事の新人男性の中には、イケメンで、のちに薫と結婚することになる松野豊もいた。

この同期会は、中華料理店「天神楼」で午後六時から始まった。十人はお酒が進むとすぐ打ち解け合って会話が弾んでいたが、直人と薫の二人だけは、どういうわけか小学校の頃の話に夢中になっていた。

当時二人が通っていたのは、長崎市内の浜の町という中心街にあった名門の磨屋小学校で、戦後の第一次ベビーブーム（昭和二十二年～二十四年）により、今と違って子どもの数が圧倒的に多かった。

運動会では様々なリレー競争があったが、その花形は、最後に行われる「町内対抗リレー」であった。直人と薫は二人とも足が速く、小学一年生の頃から銅座町の学年代表に選ばれていた。

この町内対抗リレーでは、いつも「銅座町」と「鍛冶屋町」が優勝を争っていた。直人が転校していく前の四年生の時のリレーでは、「鍛冶屋町」と「寺町」が途中まで一番を競り合い「銅座町」は三番手と出遅れていたが、七人目の薫が一人抜いて二番手に上がり、バトンを受け取った直人がもう一人抜き、とうとう一番に躍り出てそのままトップでゴールして優勝した。直人は薫と抱き合って喜び合ったものだ。直人はその時、薫の膨らんだ胸が自分の胸に当たり、何か妙な感じがしたことを今でも覚えている。

　宴会で薫が直人に質問してきた。

「直人は確か磨屋小学校の五年生の時に、どこかに転校したんだよね。どこの小学校に転校したの？　直人がいなくなって、その時の町内対抗リレーは優勝できなかったんだよ」

「そうか、それは残念だったね。実は父が床屋の店を閉めて銅座から大浦の出雲町に引っ越したから、グラバー邸の上の方にある『南大浦小学校』に転校したんだ。その後、不良中学校として有名だった梅香崎《うめがさき》中学校に、そして長崎南高校、長崎大学と進んだんだよ。

　薫は確か磨屋小学校を卒業して、俺の二人の姉が通っていた桜馬場中学校に行ったんだよね。その後、どこの高校に行ったの？」

「高校は長崎東高校。それから福岡の大学を卒業した後、英会話の専門学校に一年通ったの。そのおかげで入社試験の英語でいい点が取れて、丸の内商事に入社することができたの」

「そうか。大学生の人気ナンバーワンの丸の内商事に入社することができたなんて凄《すご》いな。俺も最初は商社を狙っていたんだけど、第二次オイルショックで就職難になって、人気のあった商社はさらに狭き門になったよね。だからいろいろ考えた末、採用人数が比較的多かった銀行に切り替えて、やっと丸の内銀行に入行することができたんだ。

　でもうちの銀行は丸の内グループ企業ではあるんだけど、大手都市銀行の中では規模も利益も最下位の銀行なんだよ。その点、丸の内商事は大手商社の中でもトップクラスの会社だよね」

「まあ、確かにそう言われているわね。でも直人は偉いわ。そんな中でトップバンクを目指して頑張っているんでしょう」

「そうかもしれないけど、現実は必ずしもそんな甘いもんじゃないんだ。ところで話は変わるけど、ご両親はお元気？　お父さんは優しかったし、お母さんは明るくて働き者だったよね」

「残念ながら父は五年前、がんで亡くなったの。母は相変わらず元気よ。直人のところは？」

「そうか。それは残念だったね。うちも父は脳梗塞で寝たきりになっているけど、母は父を介護しながらまだまだ元気だよ。やっぱり大正生まれの女性は元気だよね。ところで薫、せっかく逢《あ》えたんだから、今度の日曜日にドライブにでも行かないか」

「そうね。福岡は近くにいろんな行楽地がいっぱいあって住みやすいところだよね。じゃあ、私がお弁当を作ってくるから大濠公園にでも行きましょうか」

　この頃、直人と薫は幼なじみということもあり、お互いに接近し始めたものの、一流商社でバリバリ働いていた美人ＯＬの薫と、まだまだ大学生の延長のような頼りない直人との間には、お互いの価値観に大きな違いもあり、二人の関係がそれ以上に深まることはなかった。

　その後、薫はあの時の同期会に参加していたイケメンの松野豊と結婚した。薫は勤めを辞め、専業主婦として二人の子どもを育てた。

　直人の方は、その後川崎の元住吉支店に転勤になり、そこで再会した中学校の同級生であった洋子と結婚することになった。こちらは三人の子どもを授かった。幼なじみの直人と薫は、この後五十年近く顔を合わせることもなく、それぞれの道を歩むことになった。

直人は以前から「恋愛」と「結婚」は別ものだという考えを持っていた。「恋愛」は二人の強い意志と積極的な気持ちがないと成立しない。したがって、それが上手《うま》く行けば「結婚」というゴールにたどり着くが、どちらかが不安を感じて弱気になれば、必ずしもそうはならない。

一方、「結婚」は、その時の二人がどんな環境（年齢・場所・生活力など）に置かれていたかというタイミングによって決まるのではないかと考えていた。

「結婚」が「偶然の悪戯《いたずら》」と言われる理由もそこにあるのではないか。

「恋愛」では、お互いがそれぞれの理想を追求し合うため、決して安易な妥協は許されないが、「結婚」を決める際には、お互いある程度現実的かつ、ある意味では打算的な考えが支配的になるため、たとえ恋愛期間が短かったとしても、結婚の判断に迷うことはないのではないかと、そんなふうに考えていたのだった。

それから五十年近くの歳月を経た。直人は介護ストレスを予防するための気分転換も兼ねて、週二回のボランティア活動を始めていたのだが、ある日、その会場で新型コロナウイルス感染のクラスターが発生した。それもあって、当面は活動を自粛せざるを得なくなってしまったので、先延ばししていた。

家の片づけを始めたところ、まだ開けていなかった引っ越し荷物の中から、磨屋小学校の時の一枚の古ぼけた写真を見つけた。それは直人と薫が町内対抗リレーで優勝して誇らしげに笑っている時の写真であった。

直人は急いで納戸にしまっておいた電話帳を探し出し、薫に電話した。


「はい、松野です」

あの懐かしく明るい薫の声が返ってきた。

「もしもし薫、お久しぶり。直人です」

「直人、本当に直人なの？　一体どうしたの？　何かあったの？」

「いや、暇だったからちょっと電話してみたんだ。昔の薫と一緒に写っていた町内対抗リレーの時の写真を見て懐かしくなって、ついつい電話したってわけだ。

もうあれから五十年近くになるよね、元気だった？　お子さんは何人？」

「二人。もうそれぞれ独立しているわ。直人の方は子どもさん何人？」

「うちは三人だよ。こっちもみんな独立しているよ。長男は福岡、次男と長女がそれぞれ横浜と逗子で暮らしている。ところで、あの時のイケメンのご主人はお元気ですか。毎日夫婦水入らずでいいね」

「そうじゃないの。実は主人、三年前に交通事故に遭ってしまったのよ。その時、脳に大きなダメージを受けて、今も寝たきりで入院しているの。私は毎日通って介護しているわ」

「ええっ、そうなの？　それはまた大変だね。何か困ったことがあったら遠慮なく言ってくれよ。実は俺の方も、家内が八年前に難病を発症して、今はもう寝たきりなんだ。筋肉が萎縮していく難病でね、脳も萎縮してきて、認知機能はもうほとんどないんだよ。俺が誰かもわからない状態なんだ。最近、これで家内は本当に幸せなんだろうかと思い悩むことがよくあるよ」

「ええ？　そうなの？　それこそ大変じゃない。在宅で介護しているの？」

「そうだよ。でも、もうだいぶ慣れたよ。寝たきりだから、以前より介護は楽になったんだ。家内は発症した時はまだ歩くことができ、転倒のおそれがあったから二十四時間どこへ行くにも俺が付き添っていたからね。あの頃からすると雲泥の差だよ。在宅介護生活も、ある程度こちらでコントロールできるようになったからね」

「そうなの。私も主人を介護しているから、直人がどんなに大変かよくわかるわ。直人こそ、何かあったら何でも言ってちょうだい。川崎と福岡だからすぐには駆けつけられないかもしれないけど、私の方は少しは融通が利くからね」

「ありがとう。今日は薫の元気な声が聞けて良かったよ。それじゃあ、またね」

「こちらこそ嬉《うれ》しかったわ。ありがとう直人。また電話してちょうだいね」

直人はその夜、磨屋小学校の時の夢を見た。薫は明るくて活発な女の子であった。

第二章　盗難事件

直人は昭和五十三年（一九七八年）四月に、経費削減チームからやっと業務課に異動することになった。

業務課は「既存法人取引グループ」、「新規法人取引グループ」、「個人取引グループ」の三つのグループに分かれていた。直人は「個人取引グループ」に配属され、主に個人病院などを中心とした医療関係の取引先や、丸の内企業グループの役員、退職者の個人預金の勧誘などを担当した。

先に業務課に異動していた同期の小木は「既存法人取引グループ」に所属し、こちらは既に貸出などの取引がある大法人相手の外訪活動が中心であった。

ところが、直人が異動してから半年も経たないうちに、直属の上司だった荒川係長が埼玉の坂戸支店の業務課長として栄転になった。業務課の連中は、お世話になった荒川を見送るため、営業課の女性たちを業務用車に乗せて福岡空港まで行った。直人もその時、荒川係長が使っていた業務用車のランサーを借りて、三人の女性を乗せ空港に向かった。

彼を見送った後、女性たちを支店まで送り、そのままこのランサーで取引先を訪問した。大濠公園のそばの丸の内商事の役員の豪邸に、約束の時間ギリギリに到着した直人は、すぐに用件は終わるだろうと思い、車のキーを差し込んだまま急いで家の中に飛び込んだ。

ところが、用件はすぐに終わったものの、夫人からいろいろなことを根掘り葉掘り質問を受け、思ったよりも時間がかかってしまった。時計を見ると、もう一時間以上経っていた。やっとの思いで質問から解放され、玄関を出て愕然《がくぜん》とした。玄関先に止めていた車がなくなっていたのである。

直人はキーを差し込んだままにしておいたので、誰かが気を利かせて車を駐車場に入れてくれたのではないかと考え、裏の駐車場をくまなく探してみたが、どこにもランサーはなかった。

直人は冷静になってもう一度よく考えてみた。車は玄関の敷地に止めたが、右側の一部が道路にかかっていたかもしれなかった。駐車違反にはならないだろうと思っていたが、慌てていたこともあり、ひょっとして道路にかなりはみ出していたかもしれないと不安になって、すぐに近くの交番に駆け込んだ。

「すみません、大濠公園の前の河田さんというお宅の玄関先に車を止めていたんですがなくなっていたんです。その車を駐車違反としてレッカー車で持って行っていませんか？」

応対に出て来た警察官は、面倒臭そうに直人に答えた。

「ええ？　今日この辺で駐車違反車をレッカー車で持って行ったという報告は受けていませんよ。玄関先に止めていたんであれば、まずはその家の人に声をかけますよ。注意もせずにいきなりレッカー車で持って行くようなことはしません」

「そうですか。わかりました。それじゃあ、誰が持って行ったんだろう」

その時、その警官が直人に尋ねた。

「もしかして、君は車のキーを差したまま駐車していたんじゃないの?」

「そうです。すぐに用件が終わると思い、キーは差し込んだまま玄関先に止めていたんです」

「それじゃあ、盗まれたんじゃないの?」

直人は急いで「車を盗まれたようだ」と支店に連絡を入れた。すぐに業務課の連中が大挙して来てくれ、暗くなるまで全員で手分けして捜してくれたが、車はとうとう見つからなかった。

支店に戻ると、島崎副支店長が「また、お前か!」と直人を叱り始めた。

「山本、お前、一体何をやっているんだ。車のキーを差し込んだまま外に駐車するなんて何を考えているんだ。そんなことをしたら車が盗まれるに決まっているじゃないか。まったく前代未聞の話だ。それも盗まれたランサーは先月購入したばかりの新車だぞ。お前が買って弁償しろ!　そもそも末席のくせに、なぜお前が新車のランサーに乗っているんだ」

直人に弁解の余地はなかった。

「申し訳ありません。私が買って弁償します。この通りです」

直人は副支店長に土下座して謝罪した。

ところが、副支店長のパワハラはこれだけでは終わらなかったのである。直人は翌日博多警察署に盗難届を提出するために、朝早く独身寮を出た。博多警察署には八時前に着いた。

「すみません。昨日大濠公園のそばで車の盗難に遭い、電話でご連絡させていただいた丸の内銀行の山本直人と申します。盗難届を正式に提出に来たんですが、受付はここでいいんでしょうか？」

「ここは交通課です。盗難届は三階の警務課だよ」

「ああ、そうですか。ありがとうございました」

三階の警務課の窓口で盗難届を提出したところ、そこの担当者がまたとんでもないことを言ってきた。

「この盗難届は今日受理しますが、改めて会社の代表者に説明に来てもらうことになります。あらかじめアポイントを取ってからもう一度来てください」

「ちょっと待ってください。盗まれたのは私なんです。私が事情を一番よくわかっています。私が事情聴取に応じますので、会社の代表者の出頭は勘弁してください」

「そういうわけにはいかないんです。盗難車はよく犯罪に利用されますので、大変な事件に繋《つな》がることがあるんですよ。そのためにも登記されている会社の代表者に、ちゃんと事情を聞いておく決まりになっているんです」

直人は意気消沈して博多警察署を後にした。支店に帰りながら、またあの島崎副支店長の怒っている顔が思い浮かんだ。支店長に警察署に行ってもらうことになれば、当然副支店長にも報告しなければならないからである。

支店に戻ると案の定、副支店長の怒りが爆発した。

「何だと。支店長に警察署に出頭してもらう必要があるというのか。山本、お前は山之内支店長が常務取締役だと知っているよなあ。平社員が車を盗まれたくらいで、なぜ常務取締役の支店長がこんな田舎の警察署に呼び出されなければならないんだ。どうしてもと言うのであれば、俺が行く。俺はこの支店のナンバー2だぞ。何か文句あるか？」

「副支店長、私も同じことを警察署の担当者にお願いしましたが、先方は『盗難届に記載されている会社の代表者は支店長だろう。法務局に届けてある代表者の登記は支店長だよね。だから支店長に出頭してもらいたい』と言われたんです。登記上の代表者が出頭するようにと言われると、さすがにそれに反論する余地はありませんよね」

「冗談じゃない！　俺がその警察署の担当者にこれから電話する」と大きな声を張り上げた。

その時、取引先の訪問から戻ってきた山之内支店長が、その大声を聞いて彼に事情を聴いた。

「島崎君、どうしたんだ。そんな大きな声を張り上げて」

島崎は支店長にこれまでの経緯を詳しく説明した。それを聞いた支店長は、笑みを浮かべながら直人にこう言った。

「山本君、私と一緒に警察署に行こうよ。いつでもいいからアポイントを取りなさい」

直人はこの時、山之内支店長と島崎副支店長の、リーダーとしての器の違いを痛感した。

「トップに立つリーダーは、常に泰然自若としているんだなあ」と。

その翌週の月曜日の朝一番で、直人は支店長と一緒に博多警察署に出頭した。直人はここでもまた、支店長のリーダーとしての交渉力を学ばせてもらった。

直人は事前にアポイントを取っていたことを、受付の担当者に話した。

「おはようございます。丸の内銀行の山本と申します。先日、車の盗難届を提出したんですが、その時に代表者の説明が必要だと言われましたので、本日一緒に参りました」

すると、中から小太りの中年男性が現れた。

「ああ、銀行屋さんね。話は聞いとるばい。警務課長の富田二郎です。こっちの応接室に来んしゃい」

長崎弁か博多弁かわからないような話し方に、直人は思わず吹き出しそうになった。

支店長と直人が席に着くと、その優しそうな風貌の富田がすぐに支店長に質問を始めた。

「あんたは会社を代表する支店長として、部下の教育をちゃんとやっとると？　車のキーを差し込んだまま一時間以上も道路に放置しておけば、泥棒に盗んでくださいと言っているようなもんばい」

富田の話はある意味ではもっともな指摘であった。

山之内支店長がそれを聞いて笑いながら答えた。

「いやいや、課長さん、それは事実誤認ですよ。彼は車を道路に放置していたわけではありませんよ。うちの取引先の玄関の敷地の中に車を止めていたんです。したがって、犯人は他人の住居に不法侵入して車を盗んだわけですよ。

ただ、その時に車にキーが差し込まれていなかったら、犯人も盗めなかったかもしれません。山本君は用件がすぐ終わるものと思って、車のキーを差し込んだままにしておいたんです。ところが、思っていた以上に時間がかかってしまい、その隙を狙って犯人が車を盗んだわけです。そこで、私は彼にこう言ってやりました。

『これは交通事故に巻き込まれたようなもので、あなたには何の責任もないかもしれない。しかし、キーを差し込んでいたことにより、犯人に盗もうという気を起こさせた責任はないとは言えない。つまり、あなたにも反省の余地がある。だから今回のことを教訓として、これから二度とこんな過ちを繰り返さないようにしなければならない。あなたが犯人と争って怪我をするようなことがなかっただけでも不幸中の幸いと思いなさい』と」

直人は支店長のこの話を聞いて、「山之内支店長は論理的で、なんと人を説得するのが上手いんだろう」と感心してしまった。「こんなふうに言われると、『なるほどその通りだ』と誰もが納得してしまうだろう。やはり組織のトップに立つ者はかくあるべきだ」と、あの副支店長の顔を思い浮かべながらそう思った。

富田課長もこの支店長の話に大きく頷いて、直人に声をかけてきた。

「山本さん、あんたはよか支店長に恵まれたねえ。ここまで支店長に言われたら、これからこの人のために何とか挽回《ばんかい》せんばいかんなあと思うやろう。支店長、あなたがおっしゃることを全面的に信用します。支店長もお忙しいでしょうから、事情聴取はもうこの辺でよかばい。本日はご足労いただき、おおきにありがとう」

支店に戻ると、総務課長の東が直人を心配して声をかけてくれた。

「山本君、今回のことはあまり気にするなよ。運が悪かっただけだよ。それにしても残念なのは、あなたが新車のランサーに乗っていたことだよね。もしそれがいつものポンコツのミニカであれば、すぐに廃車手続きをして、本部の総務部には報告しなくて済んだのになあ」

支店のみんなが直人に同情して気遣ってくれた。

そんな中で、島崎副支店長だけがただ一人、直人をこれでもかこれでもかと責め続けていた。彼は直人にこう言ってダメを押した。

「山本、これでお前の出世の望みは完全に絶たれてしまったなあ。今回の盗難事件は当行始まって以来の大きな失態だからな。おそらく人事評価ではバツが十個くらい付くぞ。これを挽回するためには並大抵の努力ではできっこないぞ。この際、転職でも考えた方が手っ取り早いかもしれないいな」

直人は博多警察署から支店に戻る車の中で、山之内支店長がこう言ってくれたのを思い出していた。

「山本君、今回のことはあまり気にするな。人間は誰しも失敗を犯すものなんだ。その失敗を教訓にして、次に同じ失敗を繰り返さなければそれでいいんだよ。あなたは若いんだから、これからいくらでも挽回のチャンスはあるよ。あなたならきっとできる。頑張ってくれ」

それから二か月くらい経ったある日の朝、直人は天神の交差点で、盗まれたランサーが目の前を走っているのを偶然発見した。直人は交差点で信号待ちになったところで急いで相手の車に駆け寄り、運転していた若者に丁重に声をかけた。

「申し訳ありませんが、ちょっとお話がありますので、車を歩道の方に寄せてもらえませんか」

直人は、運転していた若者が歩道側に車を寄せて怪訝《けげん》そうに車から降りてきたところで、彼の腕を捕まえて、今度は一転して厳しい口調で問い質《ただ》した。

「この車は一体どうしたんだ？」

彼はおどおどしながら、「このランサーは友達から買った」と弁解して車検証を見せたが、それは明らかに改ざんされていた。直人は彼の腕を掴《つか》んで強引に博多警察署に連れて行った。

取り調べの結果、これは間違いなく直人が盗難に遭った車で、犯人は彼とその友達の二人であることが判明した。

あの時の富田課長が直人に言った。

「山本さん、お手柄やったねえ。これであんたの失敗は帳消しになったばい。それにしても、あの支店長は大物支店長やったねえ。ああいう人格者がトップにいる企業は、これからきっと成長するやろうねえ。山本さんも、あの素晴らしい支店長を目標にして頑張らんばいかんよ」

第三章　先物為替予約

直人は福岡支店で業務課を経て貸付課を一年五か月ほど経験し、昭和五十四年（一九七九年）五月二十五日に異動の発令を受けた。

その日、上司の関本貸付課長が直人に、始業開始時間の八時四十五分に支店長室に行くように指示した。

直人は「これは異動じゃないかなあ」とそれとなく気付いた。

支店長室では山之内支店長と島崎副支店長が何やら話をしていたようで、直人がドアをノックして中に入ると支店長が立ち上がり、笑みを浮かべながら直人にこう言った。

「山本君、異動だ。おめでとう。次の店は『元住吉支店』だ」

直人は田舎者で、元住吉支店と言われても、それがどこにあるのか見当がつかなかった。ただ「住吉」という言葉が、何となく大阪を連想させた。

「ありがとうございました。いろいろとお世話になりました。『元住吉支店』って大阪の支店ですよね？」

これが初めて異動の発令を受けた時の直人の第一声であった。

横にいた島崎副支店長は、呆れ果てた顔をして直人にこう言った。

「大阪じゃない。神奈川にある支店だ。お前は何も知らないんだなあ。うちの銀行のことなんだからもっとよく勉強しておけ！」

すると、支店長が詳しく説明してくれた。

「山本君、『元住吉支店』は、全国の銀行の中で個人預金を一番伸ばしている支店として最近、週刊誌の『新朝』で採り上げられたりした非常に業績のいい支店だ。君にとってはうってつけの支店かもしれないなあ。これからも引き続き頑張ってくれよ」

「はい、わかりました。私は長崎の田舎者ですから、九州以外の支店が一体どこにあるのか、ちゃんと頭に入っていませんでした。勉強不足で大変失礼しました。

ところで副支店長、『元住吉支店』の店質（支店の規模や取引顧客の特徴を示す行内の指標で、個人店舗はA、中小中堅法人店舗はB、大法人店舗はCと区分されていた）はご存じでしょうか？」

島崎は、直人がいきなり元住吉支店の店質を質問してきたのに驚いたのか、一瞬沈黙した。本当は元住吉支店の店質を知らなかったのかもしれない。彼はこれまで大法人店舗ばかりを歩んできたエリートで、個人店舗などには全く興味がなかったのだろう。

それを見て、また支店長が代わりに説明してくれた。

「店質は確か『Aの2』（1は新店舗、2は中堅店舗、3は大店舗）だよ。個人取引を中心とした中堅店舗だ」

直人は個人取引が中心の中堅店舗と聞いて少し落胆した。なぜなら、直人は入行した時から法人店舗を希望していたからである。ちなみに最初の福岡支店は、直人の希望通り法人店舗であった。直人は入行当時から、これから成長が期待されるベンチャー企業を育成して上場に繋げるような仕事がしたかったのである。

ところが、元住吉支店に実際に着任して、この店が典型的な個人店舗ではないことがわかった。

前任者からの引き継ぎを受けた約二〇〇の取引先の九割以上が法人だったのだ。その中に半導体などを生産する最先端技術を有するベンチャー企業が、なんと三十社以上もあったのである。

直人は「これは面白くなるぞ」と再びやる気が沸々と湧いてきた。実際これらのベンチャー企業は、その後大半が上場企業になっている。

つまり元住吉支店は、当初は個人取引を中心とする店舗としてスタートしたものの、その後日本経済が高度成長期を迎え、東京の大田区などにあった技術力のある中小企業が、業容を拡大していくためにどんどん周辺地域の神奈川に移転して行ったのである。

これがいわゆる「ドーナツ化現象」と呼ばれるものであった。そういう点では、直人はまたとないグッドタイミングで元住吉支店に転勤したことになる。

当時は金利の自由化直前の規制金利預金の時代であり、個人預金をどれだけ集めたかによって、支店のその期の業績が評価されていた時代であった。

元住吉支店は、個人預金では他の支店の追随を許さないほど業績を伸ばしており、八期連続で行内では最も価値のある「頭取表彰」を受けていた。まさに飛ぶ鳥を落とす勢いのある支店であった。

支店内の雰囲気も、大きな福岡支店と違って非常に家族的で活気があり、行員は総勢で五十人ほどの風通しが良い支店であった。


直人は福岡支店で貸付外為を一年半ほど経験していたということで、元住吉支店でも同じ貸付外為課に配属され、前任の次席（課長に次ぐポスト）の先輩から業務を引き継ぐことになった。

しかし、次席の後任とは言っても直人はこの中では一番年下であり、上には四人の先輩たちがいた。一年先輩の荒井宏、二年先輩の中山修、富川真人、そして三年先輩の芝山正である。

当時の日本経済は「いざなぎ景気」に支えられ、円高・株高を背景に右肩上がりの急成長中で、企業の資金需要は旺盛という、まさにミニバブルの様相を呈していた。

日銀は行き過ぎた銀行の貸出を抑制するために、すでに貸出の総量規制を始めていた。営業現場では何とか取引先企業の資金需要に応えようと奮闘していたが、本部からの厳しい貸出の枠規制によって、残念ながら企業からの貸出要請に十分応じられない状況が続いていた。

各支店の貸付課では、貸出の枠を何とかして確保しようと、期初から本部の審査部と貸出枠を巡ってハードネゴを繰り返していた。それでも資金を必要とするすべての取引先の要請には到底応えられず、すでに取引先に貸し付けていた『円貸出』を、日銀の貸出枠規制の対象外であった『外貨貸出』にシフト（変更）させる奇策を弄していた。


参考までに、この奇策のスキームを簡単に説明すると、ある取引先に貸し付けていた一〇〇億円の「円貸出」を、同額の「外貨貸出」（当時の円ドル為替レートは一ドルが一八〇円前後であったので、ドルに換算すると、一〇〇億円は約五六〇〇万ドルに相当）を使って一旦返済し、三か月後に逆に「円貸出」一〇〇億円を復元して「外貨貸出」を返済するという取引である。こうすることにより、三か月間は円貸出の枠が捻出されるわけである。

ところが、この三か月間に為替相場が変動するため、思わぬ為替損失を被るおそれがあり、これを回避するために先物為替の買い予約を行っていたわけである。

当時の為替相場は、基本的には円高ドル安（円が強い）基調が加速していたことから、先に行けば行くほど円高になっていた。したがって先物為替予約は、後になればなるほど取引先に有利になったわけである。三か月先物予約レートは一ドル一七〇円であった。つまり一七〇円で一ドル買えることになるため、五六〇〇万ドルを調達するためには、逆算すると約九十五億円があればよく、一〇〇億円との差額五億円が取引先の為替差益となるわけである。

しかしながら、これは基本的には日米金利差（米国の金利が高い）により損益はチャラとなるはずである。ところが、為替相場が逆に円安ドル高に変動したりすると、予期せぬ損失が発生することもあるわけである。したがって先物為替（ドル）の買い予約を事前に締結しておくことが、こうした損失リスクを回避するためには不可欠であった。


当時の円ドル相場は誰が見ても円高ドル安になると予想され、これを否定する為替アナリストは皆無と言っても過言ではなかった。各支店の貸付外為課の担当者は、為替予約を遅らせれば遅らせるほど先物為替が円高になり、取引先企業にそれだけ多くの為替差益が発生するため、この先物為替予約をすぐに行わず先送りする傾向にあった。

ところが、昭和五十七年（一九八二年）に、こうした行き過ぎた「円高ドル安」基調が突然反転し、「円安ドル高」になってしまったのである。

直人の二つ先輩だった富川は、慌てて池谷課長に報告した。池谷課長は部下からの信頼も厚く、頼りになる兄貴のような存在であった。

「課長、三か月前に神奈川ＬＰガスにお願いして既存の円貸出を外貨貸出に変更してもらった十億円の『外貨貸出』が、今月末に返済期限が来ます。昨今の為替相場の円高ドル安基調もあり、返済する時のドル資金の為替予約は見合わせていましたが、先日の突然の円安ドル高で、このままでは取引先企業に約五六〇〇万円の為替差損が発生することになってしまいました。申し訳ありません」

池谷は、寝耳に水のこの報告に驚いた。

「何だと？　何ですぐに先物為替予約をしなかったんだ。一体誰がそんな判断をしたんだ？」

彼は全員を集めて、他にも為替予約をしていない取引がないか確認した。その結果、直人と中山を除く三人が先物為替予約をしていなかったことが判明した。

もちろん、池谷は最終的な管理責任は上司である自分にあることは重々承知していた。彼はこの問題にどう対応するかを考え悩んで最近あまり眠れずイライラしていた。

問題を解決する方法には二つの選択肢があった。一つは今すぐ先物為替予約を実施して、五六〇〇万円の為替の損失を確定させることである。この場合は銀行側がその損失を全額負担することになる。その際の一次的な責任は担当者が、管理責任は外為課長が、そして最終責任は支店長が負うことになる。

彼は金額的な影響を考えると、「三人ともただでは済まないだろう」と考えていた。

「担当者の富川は解雇になるかもしれない。ただ彼にはまだ幼い子どもが二人いる。職を失えばその日から家族四人は路頭に迷うことになるだろう。だからと言って、もう一つの選択肢として為替が円高になることを期待し、これを支店長に報告せずに隠蔽してしまえば、自分も共犯者として富川と同じように解雇になる可能性が高い……」

池谷は頭を抱え込んでしまった。

しかし彼は考え抜いた末に、ついに覚悟を決めた。その日、銀行に出勤すると朝一番で、これまでの経緯を支店長にすべて報告したのである。二人とも何時間も支店長室から出て来なかった。


それまで和気藹々《わきあいあい》としていた貸付外為課の雰囲気が、その日を境にお通夜のように一変した。支店長は就業時間が終わる夕方五時過ぎになると、毎日人事部に呼び出されて本部に出かけた。支店長が戻って来る時間は、いつも深夜十二時近くになった。そこから池谷課長との打ち合わせが始まり、終わるのは午前一時を過ぎることもあった。

打ち合わせが終わるまで全員帰宅できなかった。直人は社宅が元住吉駅の隣の武蔵小杉駅にあったことから歩いてでも帰れたが、他の連中はもう終電もなく、毎日タクシーでの帰宅となった。もちろん、このタクシー代は個人負担である。

こうした生活が二か月ほど続き、荒井、富川、芝山の三人はとうとう転職を考え始めていた。彼らは休日を利用して証券会社や保険会社の中途採用の試験を受け、最悪のケースに備えていた。

そして二か月後、いよいよ人事部の結論が出た。

「支店長は訓告、貸付外為課長は戒告、課員三人は厳重注意処分に処す」

これが人事部が出した最終的な処分内容であった。だが実損となる五六〇〇万円という大きな金額からすれば、こんな軽い処分で済むはずはなかった。

実はこの数日前に、直人は支店長から、

「人事部があなたに聞きたいことがあるそうだから、今度私と一緒に人事部に行って、今回の件についてあなたから話をしてもらいたい」と言われていた。

その三日後の夜八時過ぎから人事部との面談が始まった。支店長は人事部長と話があるということから、この打ち合わせには同席しなかった。人事課長と担当者二人は、直人に次から次に質問を始めた。もう一人の担当者は、直人の話を一言一句漏らさず書き留めていた。

「今回の為替予約の不祥事で関係者の処分をこれから決定するが、その前に為替予約をちゃんとしていた君に、その当時の状況と君の意見を参考までに聞きたい。

まず、例の三人は、それぞれが判断して為替予約を保留したのか、それとも三人のうちの誰かが先導して保留したのか、その辺の事情を一緒に仕事をしていた君に教えてもらいたいんだが。それから今回の不祥事がなぜ起こったのか、君の個人的な意見でもいいから、その原因をどう考えているか教えてほしい」

直人はこれらの質問を受け、「これは大変なことになった。変なことは言えないな。仲間を裏切ることになりかねない」と思い、言葉を慎重に選びながら答えた。

「まず、最初の質問ですが、私は三人と一緒に仕事はしていますが、彼らの毎日の仕事内容を逐一見ているわけではありませんから、今回の為替予約の詳細な経緯を聞かれても正確に答えることなどできません。

二つ目のご質問の、今回の不祥事がなぜ起きたかということですが、あくまでもこれは個人的な意見として申し上げれば、原因は三つあると思います。

一つ目はそもそも論になりますが、なぜ支店では親密取引先に、既存の円貸出を外貨貸出に変更してほしいとお願いしているんでしょうか？　それはご承知の通り、日銀による貸出の総量規制に対応するためですよね。この日銀からの指示を受け、本部の審査部が支店の貸出枠をギリギリ絞っているんです。営業現場の支店では、何とか取引先の資金需要に応えようと今回のように親密取引先にお願いして、既存の円貸出を外貨貸出へ変更してもらい、円貸出ができる枠を捻出しているんです。

つまり、これは本部の指示に従うための行動なんです。私は本部がもう少しこうした支店の実情をちゃんと把握して、事務をサポートすべきだったんじゃないかと思っています。具体的には、本部がこうした取引に伴う全支店の為替予約を、実行の翌日にまとめて資金為替部に繋いでいれば、こんな不祥事は発生していなかったと思います。そうすることによって支店に先物為替の相場の判断をさせず、かつ事務負担も軽減できたと思います。

二つ目は、外為事務手続きの問題です。これらの取引は明らかに通常の取引とは違います。何が違うかと言えば、これは銀行側の都合のため親密取引先にお願いしている取引なんです。

したがって、その事務手続きをもっと省力化できなかったのかということです。つまり、支店の担当者の事務負担を軽減させるために、自動的に予約取引が行われるようにシステムを見直す等の対応が必要であったのではないかということです。

　そして三つ目は、資金為替部による支店の外為取引のチェック機能の強化です。資金為替部はこうした営業店を含めた当行全体の先物為替の日々のポジションを管理しているはずです。資金為替部が支店の担当者の事務負担を、もっと軽減できるようにサポートする本部の施策が必要だったのではないかと思います。

　最後に人事部にお願いがあります。私はこうした取引は元住吉支店だけではないと思います。おそらくほとんどの支店で起きていても不思議ではありません。早急に全支店の実態調査を行うべきです。そしてこの問題がほとんどの支店で共通する問題であれば、それはもう一支店の担当者の不祥事として処理する問題というよりは、先ほど申し上げた通り、本部の不作為を糾弾する問題ではないかと思います」

　人事課長はその話を聞くと、すぐに担当者に指示を出した。

「至急、全支店の実態調査を始めろ！　人事部長名で全支店長宛に質問状を出せ！」

　この実態調査の結果、大半の支店で同様な取引があることが判明したのである。

　これにより、元住吉支店の三人の処分内容が通常よりも軽くなったことは間違いなかった。

　直人はこの問題が発覚した時、「問題は支店にあるのではなく、不作為の本部にあるのではないか」ということを最初から見抜いていたわけである。

人事部の事情聴取が終わり、支店に戻る電車の中で、支店長が直人に首を傾げながら尋ねた。

「山本君、あなたは一体人事課長に何を話したの？　彼はあなたを企画部に異動させたいと私に言ってきたんだけど……」

その二か月後の昭和六十二年（一九八七年）四月一日に、直人は本部の企画部に異動する発令を受けた。

第四章　月島支店

直人は元住吉支店から企画部（当時は総合企画部）に異動になった。企画部では大蔵省担当として、当局が主導していた護送船団方式に疑問を持ち、無謀にもそれに立ち向かったり、ニューヨーク証券取引所上場や東京日本橋銀行との経営統合などに携わったりもした。

それから十数年経ったある日、直人は企画部長に呼ばれた。

「山本君、異動だ。月島支店の副支店長だ。今後のことを考えると、あなたに今の営業現場の実態をつぶさに見てもらっておいた方がいいだろうと思ってね。ただし、二年間だから、そのつもりで頼むよ」（直人は本当にこの二年後に再び企画部に呼び戻されている）

「ええ？　何で二年間なんですか？」

「当たり前じゃないか。あなたをそれ以上営業店に置いておけば何をやらかすかわからないし、営業店の若い行員があなたに感化されると大変だからね。それにそろそろバブル経済が弾けそうな雲行きになってきているから、おそらくあなたが二年後に企画部に戻って来る頃には、銀行業界は大変なことになっているかもしれないよ」

「わかりました。それでは二年間、しっかり頑張って来ます」

こうして直人は、東京メトロ有楽町線の有楽町駅から三つ目の月島駅の出口のそばにあった「月島支店」（現在は勝ちどきに移転している）の副支店長として着任することになった。

支店の行員は総勢十四人で、二年前に開設された個人取引を中心とする新しい店舗であった。支店長は昭和四十四年（一九六九年）入行の山下幸治、その下に副支店長の直人、営業課長が長谷部正、業務課長が山田利春、貸付課長が小田恒夫、課長代理の大池一美、他に青山徳治、大林敬治、岡山健太郎、前澤正の男性四人、女性は貸付のベテラン宮森麗子を筆頭に四人、合計八人の係員がいた。

みんなは「本部の企画部からどんなエリートが来るんだろう」と興味津々であった。

直人も久しぶりの営業店に、こちらも緊張しながら出勤した。直人は全員に温かく迎えてもらえるものと期待していたが、着任早々そんな甘い考えは吹っ飛んでしまった。

直人は支店の経験が少なく、副支店長と言えばピラミッド型組織のナンバー2であり、しっかりした課長たちのご機嫌を伺えば済むだろうとイメージしていたが、月島支店のような小型店舗の副支店長は、何でも自分でやらなければ務まらなかった。ただし、それは直人自身の望むところでもあった。

直人は営業課長と昼食を交代してとっていたが、ある週末の金曜日のこと、直人はいつものように営業課長との昼食交代で一階のフロアにいた（支店長、副支店長の席は二階にあった）。

その時、一見してその筋の人というような服装の、体格の良い、屈強そうな男性が店に入って来た。

「いらっしゃいませ」

普通預金の窓口を担当していた新人の河村潤子が、その男性に声をかけた。

「この一〇〇〇万円の小切手を、俺の口座に入金してくれ」

そう言って、彼はその小切手と自分の普通預金の通帳を彼女に差し出した。

「はい。かしこまりました。入金手続きをしますので、しばらくあちらでお掛けになってお持ちください」

入金処理はすぐに終わり、河村はその男性に通帳を返しながら言った。

「ありがとうございました。ところで、お客様、当行のマイカードローンという商品をご存じでしょうか？　これはいざという時に二十万円までカードを使って現金のお引き出しができる非常に便利な商品です。この申込書にお名前や生年月日などを記入するだけで結構ですので、お申し込みいただけませんか？」

直人はそれを聞きながら、彼女が「この商品の申込みに際しては審査手続きがあり、お受けできない場合もあります」という通常のセールストークを忘れていたことが気になっていた。カードローンと言ってもこれは与信（貸出）行為だから、すべての人が利用できる商品ではなかったからである。

直人はそもそも論として、預金の窓口でそんな貸出商品を不特定多数の人にセールスしていいのだろうかという疑問を以前から持っていた。

その男性は、その場で申込書に必要事項を記載して彼女に手渡した。

「ありがとうございました。カードローンのご利用カードは書留でご郵送します。カードを発行するのに二週間ほどかかりますので、それまでお待ちください」

男性は帰る際に、彼女にそれとなく別の質問をした。

「さっき入金してもらった一〇〇〇万円の小切手は、明日引き出せるよね?」

「入金日から起算して二営業日の午後にはお引き出しできます」

「ありがとう」

ところが、翌週の月曜日の朝一番で、この男性がもの凄い剣幕で支店に電話してきたのである。

「支店長はいるか?　支店長を出せ!」

電話に出たのはベテランの営業課長の長谷部であった。

「申し訳ありません。本日支店長は朝から本店で会議があり不在にしております。私は営業課長の長谷部と申します。私が代わりに承ります」

「なにー、支店長はいないのか。しょうがないなあ。お前でもいいや。実はなあ、俺は先週の金曜日に窓口で一〇〇〇万円の小切手を入金したんだが、その時に窓口の河なんとかいう女性に『これはいつ引き出せるのか？』と尋ねたら、彼女が『明日引き出せます』と確かに言ったんだよ。

　だから俺は日曜日に金を買い付けようとして、その代金をカードで引き出そうとしたんだが、何度やっても現金が出やしない。結局、金を買い取ることができなかったんだ。今日は金の相場が急騰していて、日曜日に買っておけば一〇〇万円以上儲けていたはずなんだ。だからこの落とし前をちゃんとつけてもらうぞ！　今からすぐそっちに行くからな！」

　長谷部はその話を聞くと、血相を変えて直人に相談に行った。

　直人はしばらく何かを考えた後に彼に尋ねた。

「課長、先週の金曜日に入金された小切手は、通常ならいつ資金化（現金を引き出せるようになること）するんですか？」

「金曜日に持ち込まれた一〇〇〇万円の小切手は、翌営業日の月曜日に手形取引交換所で交換決済されますので、不渡りにならなければ月曜日の午後には現金を引き出すことが可能です。しかしながら、その小切手が振り出された銀行に現金が用意されていなかった場合には『不渡り』になり、そもそも金曜日の入金はなかったものとして取り消されます」

「わかりました。それではその一〇〇〇万円の小切手の不渡りが判明するのは、今日の何時頃ですか？」

「遅くとも午後二時には手形交換所から戻って来ます」

直人には、だんだんあの男が仕掛けてきた罠《わな》がわかってきた。

つまり、あの男はそもそも現金を用意せずに振り出された一〇〇〇万円の小切手を、そのことを重々承知の上で先週の金曜日にうちの銀行に持ち込んだのだ。不渡りが判明するのは今日の午後だから、それまでに取引で損をしたとクレームをつけて金をうちから脅し取ろうとしたのではないか。

そして、そのクレームの口実に利用されたのが、窓口の河村が彼から「いつこの小切手の入金は引き出せるのか」と聞かれて答えた「入金日から起算して二営業日後です」という言い方であった。彼は「二営業日後」を「二日後」と自分勝手に解釈してクレームをつけてきたわけである。

したがって、この小切手の不渡りが判明してしまえば、そもそも彼はクレームを付けることができなくなるわけである。直人は長谷部に指示した。

「課長、ここはひとつ芝居を打って、不渡りが判明する午後二時まで、のらりくらりして時間稼ぎをしましょう。課長がまず先に彼のクレームをもう一度最初から丁寧に聞いてやり、思い切り時間を引き延ばしてください。その後に私が同じことをもう一度確認しながらさらに時間を稼ぎますから」

この直人たちの作戦は見事に功を奏して、不渡りが判明するまで彼をクリンチ（動きを止める）することができた。不渡りが判明し戻って来た小切手を、彼に「不渡りで戻って来ましたよ」と言って返したところ、彼は「ゆすり」を諦めた。

直人と長谷部はこれで一件落着と思っていたが、この二週間後に彼が再びクレームを付けてきたのである。今度はこちら側にも非があった。あの男が再び支店にやって来て大声を張り上げてこう言った。

「支店長、出て来い！　お前たちは俺をバカにしているのか？　このはがきは一体どういうことだ。ちゃんと説明しろ！」

長谷部は他のお客さんに迷惑がかからないように、彼を応接室に案内した。

「山口さん、落ち着いてください。一体全体どうしたっていうんですか？」

「どうもこうもない。先日、窓口の河なんとかいう女性にお前のところのローン商品を申し込んでほしいと頼まれて書類を書いたんだが、昨日来たこのはがきを見てみろ！」

そのはがきにはこう記載されていた。

『いつもお引き立ていただき、ありがとうございます。

さて、先日マイカードローンをお申し込みいただきましたが、審査の結果お受けいたしかねますのでご連絡申し上げます』

「俺は彼女に無理に頼まれたから書類にサインしただけなんだ。それなのにこの言いぐさは何なんだ。審査が通らなかった理由は何だ。ちゃんと納得の行くように説明しろ！」

長谷部は彼の剣幕に驚き困り果ててしまった。

「お前じゃダメだ。もっと上のやつを出せ。支店長はいないのか？」

「わかりました。支店長は外出していますので、副支店長を呼んで参りますからしばらくお待ちください」

直人はまたしても彼と対峙《たいじ》することとなった。しかし、今度は彼の主張にも一理あった。

直人は彼のクレームを聞きながら、どう反論したらいいか考えていた。まさか面と向かって「あなたが反社会的勢力の方だからです」とも言えなかった。

「山口さん、マイカードローンの商品をこちらからお願いしたことは、私もその時窓口の近くで聞いていましたので認めます。さらに彼女がこの商品は審査があり、場合によってはお受けできないこともありますと説明しなかったことも認めます。ご立腹はごもっともであり、その点に関してはこちらに弁解の余地はございません。この通りです」

そう言って直人は素直に頭を下げた。

すると、彼は攻撃の手を緩めてこう言ってきた。

「そうだろう。最初からそうやって素直に謝ればいいんだよ。あんたは営業課長と違って、偉いだけあって話がわかるね。

そこで相談なんだけど、俺は金のブローカーをしているんだが、金を買い取る際に多額な現金を持ち歩くのも危険だから、小切手を使おうと思っているんだ。信用金庫の小切手よりも、あんたのところのような大手都市銀行の小切手の方が受け取る方も安心するだろう。だから俺の当座預金を開設してもらえないか。できれば手形も交付してほしい」

直人は、これが彼の本来の目的だったことがよくわかった。そしてどのような口実で、相手の申し出を納得させた上で諦めてもらえるかを素早く考えた。

「わかりました。それでは当座預金が開設できるかどうかを審査させていただきますので、検討するための書類をすぐに揃えて提出していただけますか?」

「おお、そうか。物わかりがいいね。そう来なくっちゃねえ。それでどんな書類が要るんだ」

ここから直人の独壇場だった。

「まず、三年分の税務署の受付印がある確定申告書をいただけますか。仕入・販売状況や収益状況を確認させていただきます。それから住民税や固定資産税などの未納や滞納がないか確認させていただきますので、役所に行って『納税証明書』をもらってきてください。それからあなたの経歴書と職歴書を提出願います。また、家族構成などもお願いします。当座預金と言っても、小切手や手形の振り出しは銀行の与信行為(貸出行為)に相当しますので、慎重に時間をかけて審査させていただきます」

彼はそれらの必要書類をメモしていたが、そのうち怒りだし立ち上がって直人に言った。

「そんな書類出せるか!　もういい、また来るからな」

その後、彼が来店することはなかった。

日本のバブル経済が崩壊する「失われた十年」は、平成四年（一九九二年）に本格的に始まった。

直人が月島支店に着任したのはこの直前の平成三年五月で、すべての銀行はまだまだ貸出を伸ばそうと最後の「行け行けドンドン」の貸出運営を行っていた時期であった。それはまさにその後に起きる「金融危機」という大きな嵐の前のひとときであった。


余談であるが、こうしたバブル期に各銀行は競って様々な金融ハイテク商品を売りまくった。地元の商店街の八百屋や魚屋にこれを勧誘して回ったりしていた。丸の内銀行の本部でもグッドバルーンなどという毎月返済しなくてもよい超長期（十五年～二十年）の貸出の新商品を開発して、営業現場にノルマをかけて販売させていた。

直人はこの新商品を開発していた当時の業務企画部の担当者と激論を戦わせたことがあった。担当者は直人にこの商品に何か問題があるかと質問してきた。直人はその時にこう言って、こんなとんでもない商品は販売すべきではないと忠告した記憶がある。

「こんなリスクの高い金融商品は、今のようなバブルの時には売れるかもしれないが、景気が悪くなって取引先の業況が悪くなって来た時には、致命的な問題を惹起《じゃっき》することになる。つまり、取引先の業況悪化の最初のシグナルは『貸出の返済が延滞すること』なんだ。

この商品は十五年、二十年後に一括返済する商品であり、それまでこの『延滞』という業況悪化のきっかけを掴むことができない。これでは銀行にとって最も重要な与信管理ができない」

この後、バブルが崩壊して危惧していたことが現実になり、不良債権の山を築くことになったのは周知の事実である。

話を元に戻すと、月島支店のような新店舗を開設する時は大蔵省の認可を受ける必要があり、認可を受けると新店舗のメンバーが「開設準備委員」として発令されることになる。開設準備委員長がその新店舗の支店長になるわけである。

開設準備委員全員の発令が終わると、一堂に会して「決起集会」が開催されるのが常であった。開設準備委員は、行内でも優秀な行員が選抜されていた。

各支店の業績管理を行う本部の「支店部」の中には、出店計画を企画立案する「店舗グループ」があり、その店舗政策が上手く行くように「支店部」は部全体をあげて様々な新店舗の支援を行っていた。

月島支店の場合は、初代の副支店長が発令前にこの「支店部」に在籍していたこともあり、「支店部」全員が月島支店を盛り上げようとサポートしてくれた。そうしたことが奏功して、月島支店の初年度の業績は順調に推移して「準表彰店」に選ばれた。まさに「支店部」の自画自賛そのものであった。

ところが、開店から一年が過ぎ二年目に入ると、こうした初代の優秀な人材の異動が始まった。最初に交代したのは貸付課長、その次が副支店長であった。前任の副支店長は支店部出身であったことから、新店舗グループの中でも彼が着任した月島支店は「支店部」から最も注目され、様々な支援を受けていた。直人が副支店長となって前年と同じような成果を挙げても、なかなか表彰を受けられなかったのも当然だったのかもしれない。

直人は、こうしたお手盛りの業績評価には以前から疑問を抱いていた。つまり、表彰・準表彰を選考していた時代遅れで曖昧な評価基準に大きな疑問を持っていたからであった。

直人は開店三年目のパーティで来賓として出席していた支店部の担当役員の前で、「これはいいチャンスだ」と思い、こうした疑問をぶつけてみた。

「本日はご多忙のところ、月島支店開店三年目の祝賀会に担当役員の方にもご出席を賜り誠にありがとうございます。また、日頃からお世話になっている支店部の部長、副部長、主任調査役、調査役の大勢の方々にもご出席いただき、衷心から御礼申し上げます。

さて、宴もたけなわでございますが、本日の祝賀会は本部の皆様とのせっかくの交流の場でもございますので、この機会に支店から一つ提案をさせていただきたいことがあります。

それは、支店部で新店舗の業績評価の中で最も重視されている『貸出量の増加』という基準についてです。おそらくそれを重視されている理由は、この貸出量が『利益』に直結するためだと承知しております。そこで一つ質問があります。

月島支店の今期の貸出の増加額は、新店舗グループ三十六か店の中で三十位と芳しくない結果となっております。しかしながら支店部の評価基準になっていない『当期利益』という重要な指標で見ると、他の追随を許さないほどダントツ一位の成果を挙げています。なぜ、月島支店は表彰店にならないんでしょうか？」

支店部長が直人の質問を聞き、慌ててそれに答えた。なぜならこの祝賀会には支店部の所管役員が出席しており、こんな質問に答えられないと自分の評価に影響しかねないと考えてのことであったのだろう。彼は自信満々に話し始めた。

「山本副支店長、支店部が採用している支店の業績評価基準は『当期利益』ではなく、その期の努力の結果を最もよく表すと言われる『業務利益（一般企業の営業利益に相当する）』で見ています。あなたもご存じのように『当期利益』で評価すると、取引先企業が倒産したりした場合に発生する貸出償却までそこに含めることになりますよね。その企業が倒産した責任をその時の支店長にすべて負わせるのは、あまりにも酷な話でしょう？」

直人は「なるほど、支店部長の主張にも一理はある」と思ったが、よく考えるとそんな屁理《へり》屈《くつ》は納得できなかった。直人は次の矢を放った。

「それでは少し視点を変えてご質問します。現在、資産バブルは絶頂期にありますが、早晩これが弾けるのは時間の問題ではないでしょうか。バブルが崩壊してしまうと、企業倒産などによる貸出償却は大きく増加することになりますよね。その場合、あるAという支店がこうした

含めると多額な赤字になりました。

貸出償却を含まない『業務利益』で評価され、表彰店になったとします。しかし、貸出償却はほとんどなく、これを含めた『当期利益』は『業務利益』と同額の黒字なっているBという支店がありました。今の支店部の基準ではA支店を表彰店とし、B支店は不振店として評価していますね。この評価は本当にその支店の財務実態を正確に表したものと言えますか？」

一方、月島支店のように『業務利益』はさほど大きな黒字となっていないものの、貸出償却

支店部長は頭を抱えた。それを聞いていた支店部担当役員が、逆に直人に質問してきた。

「なるほど、あなたの言うのはある意味では筋が通っている。しかしながら私たち支店部では、企業倒産に伴いその期の『業務利益』を一気に吹っ飛ばすような多額な貸出償却の責任を、その時の支店長にだけ負わせるわけにはいかんのだよ。その支店長があまりにもかわいそうだよね」

直人はとうとう最後の矢をこの役員に向けて放った。

「それではお聞きしますが、あなた方の役員報酬は一体どの利益から支払われていると思いますか？　それは貸出償却などの費用を含めていない営業利益である『業務利益』ですか？　それともそうしたすべての費用を含んだ最終利益となる『当期利益』ですか？」

その役員は押し黙ってしまった。直人は続けて主張した。

「役員の方々はご存じですよね。支店部の皆さんも銀行員ですから、こんな基本的なことはよ

くわかっているはずです。そうです、役員報酬は『当期利益』から支払われるんです。そうだとすれば、これから貸出償却が急増した時に、あなた方役員は財源がないにもかかわらず『業務利益』はちゃんと稼いでいるからと言って役員報酬を受け取るんですか？　そのことは結果的に、銀行の経営者が違法な役員報酬を支払っていることになるんですよ。つまり、これは商法（現会社法）の背任行為のおそれがあるんです。今のうちに支店部の評価基準を正しておく必要はありませんか？」

全員押し黙ってしまい、祝賀会の雰囲気が一気にさめてしまった。しかし直人は、おかしいことを黙って見過ごすことはできなかった。それが今まで自分を育ててくれた銀行に対する恩返しであると考えていたからである。

丸の内銀行の月島支店は小型の新店舗であったが、同じ地区にミツワ銀行の月島支店があった。こちらは老舗で、丸の内銀行の築地支店に匹敵する大規模店舗であった。

直人は月島支店着任早々に、このミツワ銀行月島支店の支店長にアポイントを取り、新任の挨拶に行った。支店の広さは丸の内銀行月島支店の五倍以上もあり、行員数もおそらく一〇〇人を超えていたと聞いていた。

直人が受付で訪問記帳を済ませると、突然、秘書と思われる女性が現れた。

「先日アポイントをさせていただいた、丸の内銀行月島支店の山本直人と申します」

「はい、伺っております。お待ちしておりました。こちらにどうぞ。あいにく支店長は前のお客様との面談が長引いておりますので、申し訳ありませんがこちらの応接室で少々お待ちいただけませんか。終わりましたらすぐにご案内いたします」

直人は応接室で三十分以上も待たされた後、やっと支店長室に案内された。秘書がドアをノックして言った。

「支店長、丸の内銀行の山本様がお見えになりました」

直人が部屋に入ると、支店長は立ち上がった。直人は彼の顔を見てどこかで会ったことがあるような気がした。

二人は名刺交換した。相手の名刺には、「株式会社ミツワ銀行　常務取締役月島支店長　田《た》邊浣《なべひろし》」と記載されていた。直人はそれを見て、

「やっぱり、ミツワ銀行の月島支店は役員店舗か。支店長に秘書がいる理由がそれでわかった」と頷いた。田邊は直人より相当年上のように見えた。

後でわかったことであるが、彼はこの後本部に栄転し、最後はミツワ銀行の頭取に就任することになる。彼は頭取の任期中に利益の三冠と言われていた「営業利益」「経常利益」「当期利益」のすべてにおいてミツワ銀行を都市銀行トップの座に押し上げた凄い経営者であった。金融検査忌避で役員たちが逮捕されることになる十五年以上も前のことであった。

この頃ミツワ銀行は「ピープルズバンク（大衆銀行）」を標榜《ひょうぼう》し飛ぶ鳥を落とす勢いの銀行で、銀行業界ではよく「野武士の集団」と言われていた。とにかくいつも関西系のもう一つの雄である井桁銀行とトップ争いを演じていた。

余談であるが、直人は企画部で収益管理を担当していた時に、日銀考査（日本銀行による金融検査）を受けた際、ある考査役から「丸の内銀行はなぜ関西系の銀行にこんな大きな収益格差を付けられているの？　関西系の二行と何が違うの？」と真剣な顔をして質問されたことがある。

その時、直人は「企業文化の違いではないでしょうか」と答えた。当時はまだ銀行監督当局が護送船団方式（最後尾に合わせた銀行管理行政）による管理を行っていた時期であったことから、貸出枠と支店数には大きな違いはなかった。彼我の違いが生ずるとすれば、企業文化の違いによる行員に対する「教育」の違いだと思っていたからであった。

田邊支店長は直人の顔を見て、何か思い出したようにこう質問してきた。

「君は以前ＭＯＦ担（大蔵省担当）をしていたことはないか？　大蔵省の中で見かけたような気がするんだが」

こう言われて直人は、当時のミツワ銀行のＭＯＦ担が誰だったかを必死に思い出そうとした。

確か当時のミツワ銀行のＭＯＦ担は、大西というやり手の調査役であった。彼と一度大蔵省

の中にあった食堂で昼食を共にしたことがあった。その時、彼の上司が突然そこに現れて、
「大西君、こんなところで油を売っている場合じゃないぞ。大蔵大臣が引責辞任したよ。次が誰かによっては、俺たちの仕事に大きな影響があるよ」

大蔵省接待汚職事件の責任を取って、三塚大蔵大臣と松下日銀総裁がこの時引責辞任した。大西は直人をその上司に紹介した。確かその時名刺交換した相手が、この田邊滉だったことを思い出した。「あの時のMOF担の上司か」直人は心の中で呟《つぶや》いたが、田邊はそこまでのことは覚えていなかったようだ。

ところが、田邊は突然直人にこんなことを言い出した。
「そうだ、あの時だ。丸の内銀行がニューヨーク証券取引所に上場しようとして、うちにヒアリングに来た時だ。その時、私は企画部の次長としてそのヒアリングに同席したんだよ」

ここまで言われて直人もその時のことを思い出した。当時、ニューヨーク証券取引所への上場を目指して、都銀上位行はどこが最初にそれを成功させることができるか競っていた。その中で最も早くプロジェクトチームを立ち上げ、上場準備が進んでいたのがこのミツワ銀行であった。

あの時、彼は丸の内銀行のニューヨーク上場の話を聞き、嘲笑《あざわら》ってこう言った。
「おたくたちは本気でニューヨーク証券取引所に上場しようと考えているの？　まだまだ甘いな。勉強不足だよ。きっと後でしまったと後悔するよ。今のうちにやめておいた方がいいよ」

おそらく彼は米国会計基準で決算書を作ると大赤字になって上場できないことを、そのように遠回しに忠告したのではないか。自分たちもそれで上場を断念したんだろう。直人はそれを聞いてこう反論したことを覚えている。

「うちの銀行は国内では関西系二行にどんなに頑張っても太刀打ちできません。都銀で一番になるためにはニューヨーク証券取引所に上場して、大蔵省の護送船団方式という呪縛を断ち切る必要があるんです」

田邊はその時、こんな捨て台詞《ぜりふ》を吐いて席を立った。

「やれるものならやってみなさい。あとで吠《ほ》え面《づら》かかないように頑張ってね」

お互いにあの時のことを思い出していた。田邊が言った。

「そうか、あの時の勇ましかった若侍だな。でもそんなあなたが、なぜこんなちっぽけな月島支店の副支店長に左遷されたの？　何か失敗でもやらかしたの？」


実は直人が企画部長から月島支店の副支店長の発令を受けた数日後に、若田頭取の秘書からすぐに頭取室に来てほしいと連絡を受けた。急いで八階の頭取室に行くと、そこに若田頭取と岸本副頭取が座っていた。若田が直人に言った。

「山本君、月島支店の副支店長だってね。栄転おめでとう。営業現場は久しぶりだろう。大変だろうけど頑張ってくださいね」

若田は笑っていたが、隣にいた岸本は苦虫をかみつぶしたような渋い顔をしていた。

「山本君、今回の異動は栄転ではないかもしれないよ。ましてや、あなたをそこでリハビリさせる異動でもないよ。実はあなたが警告を発した先日の役員検討会で、『当行はこれ以上貸出のアクセルを噴かさず、エンジンブレーキをかける』という、それまでの行け行けドンドンの貸出運営方針を転換する決定をしました。これからの経営は近々起きるであろう資産バブルの崩壊に備える必要があります。

そこで、あなたに実際に営業現場の今の実態を見てもらい、これから当行がどのような備えをしなければならないかを具体的に探ってもらいたいんだ。要すれば、あなたの仕事はまず取引先企業を再生させるためには何が必要かを見極め、それを当行の体制強化に繋げることです」

直人はミツワ銀行の月島支店長に言った。

「支店長、おたくのような大きな支店からすると、うちの支店は赤子の手をひねるようなちっぽけな支店でしょう。うちはどんなに頑張っても勝てませんし、そもそもそんな相手と勝負する気はもともとありません。私がここに異動してきた目的は他にあるんです。実は異動する時に経営トップからこんなことを言われたんですよ。

——山本君、今回の異動はあなたが本部に長くいるからその『リハビリ』のため小さな月島支店に出すというような目的ではないんだ。本当の目的は『敗戦処理』なんだ。『敗戦処理』と言うとあなたの負けず嫌いの性格からは許しがたいことかもしれないなあ。もう少し正確な言葉で言うと『名誉ある撤退』とでも言うのかな。ここまで言うとあなたならわかるよね。月島支店でこの『名誉ある撤退』を成功させ、一日も早く当行全体でこうした『敗戦処理』を展開させることが、君の本当のミッション（使命）だ。そのためには『取引先企業を今のうちに再生させる具体的施策』が不可欠なんだよ。よろしく頼むよ——と。

田邊支店長、これから何が起きるかおわかりですよね。おたくの支店で売りまくった為替オプションが、昨今の円安で損失が膨らみ、そろそろ取引先が破綻寸前です。これからは一銀行だけの問題にとどまらず、銀行業界全体が経営危機に直面するはずですよね。一刻も早く傾き始めた取引先企業を建て直すことが、この業界の喫緊の経営課題です」

田邊の目つきが真剣になってきた。その後彼はしばらく目を閉じて考え込んだ。それから目を開けて直人にこう言った。

「山本さん、もう手遅れだ。あと一年早くそれに気付いて手を打っていればまだ何とかなったかもしれないが、今の状況ではもうどうしようもない。後戻りすることはできないんだよ」

田邊はこれから銀行業界で起きることを見抜いていた。やはり彼は経営者としての危機意識をちゃんと持っていたんだろう。直人は最後に彼に話した。

「支店長、これからあなたは本部に戻って、巨大戦艦の舵《かじ》をどこまで切れるか挑戦することになるんでしょう。私はこの月島支店で『名誉ある撤退』という敗戦処理を行います。十年後にお互いどうなっているかわかりませんが、身体にだけは注意して途中で倒れないように気をつけてください」

「あなたも暗闇で敵に後ろから刺されないように気をつけてくれよ」

それから「失われた十年」と言われるバブル崩壊が始まり、その後にこの二つの銀行は経営統合することになった。軍門に降《くだ》ったのはミツワ銀行の方であった。

平成十八年（二〇〇六年）四月一日、東京丸の内銀行はミツワ銀行と東洋銀行が合併したUBJ銀行を救済合併した。


直人は月島支店のみんなにわからないように、このバブル期の「行け行けドンドン」の行き過ぎた貸出推進政策を何とかして抑えようと水面下で動いた。幸い、初代の山下支店長は副支店長にほとんどの仕事を任せるタイプであったので、直人は自分の思うようにこの水面下の作業を行うことができた。

山下は昭和四十四年（一九六九年）入行の京都大学出身のエリートで、海外支店の経験が長く大企業取引は得意であったが、国内の中小企業取引にはあまり精通していなかった。そのことが彼の支店長としての経営スタイルとなっていたのだろう。

余談であるが、直人はベルギーのブリュッセル支店に出張した時、そこに課長として勤務していた山下と初めて出会った。現地の邦人行員たちが直人の歓迎会を開いてくれ、その宴会は日本料理店『さつき』で夜遅くまで続いた。夜十時を過ぎてやっとお開きになり、直人がホテルに帰ろうとしていると、山下が駆け寄ってきてこんなことを囁《ささや》いた。

「山本君、あなたは麻雀《マージャン》はできるか？　できるならこれからうちで囲もうじゃないか」

直人はさすがにこの時間から麻雀を始めると午前様になりかねず、明日の仕事のことを考え丁重にお断りした。山下はそれほど麻雀が好きで、月島支店でも取引先との接待麻雀には自ら率先して参加していた。

ところが、彼は直人が着任してからまもなく池袋支店長として栄転した。

次に月島支店に着任した支店長は、昭和四十六年（一九七一年）入行で慶応大学出身の松原秀一という、こちらも海外で証券の仕事の経験が豊富なエリートであった。山下と同様に国内の中小企業取引の経験はあまりなかった。彼は初めて国内の支店長に抜擢《ばってき》され、最初のうちは相当肩に力が入っていたようだ。彼は何かわからないことがあると、いつも直人にこう言うのが口癖であった。

「副支店長、今大丈夫？　ちょっと支店長室にいいかな」

直人は彼の話に付き合って、いつも一時間以上支店長室に缶詰になった。

松原は前任の山下と違って、麻雀など勝負ごとは一切しなかった。ゴルフもあまり上手くなかったようだ。彼は専ら仕事が趣味という真面目な人間で、そういう意味では直人と同じ人種だったのかもしれない。直人が「実務家」であるのに対し、彼はどちらかと言うと「理論家」であった。

ある時、直人は彼と論争になったことがあった。彼は直人にこんな質問をしてきた。

「副支店長、来週支店部長との面談があるんだけど、今期の十億円の貸出増加目標は、達成できると断言しても問題はないよね？」

直人はすぐに返答した。

「支店長、私は無理じゃないかと思っています。まだ目標の半分にも達していません。あと二か月で五億円以上貸出を伸ばすのは相当難しいと考えています。それよりも今重要なことは、取引先の再建じゃないかと思っています。そろそろバブルが弾け出しています。早く取引先の再建に手を付けておかないと、後で大変なことになりますよ。

ところで、支店長は支店部が設定した今期の貸出目標十億円が、どのように設定されているかご存じですか？　この目標は、前期の実績に新店舗グループの平均伸び率の二十パーセントをプラスして算定された数字なんですよ。

日本経済の動向や、各支店で異なる特別な事情などは一切考慮されていません。こんな目標設定の仕方で、本当に公平な目標と言えるんですかね。

私は企画部で投資家への会社説明会（財務広報）を担当していましたが、貸出の増加目標なんて数字はどこにも開示していません。投資家にとって最も重要な情報は『利益の目標』なんです。それも貸出償却などを差し引いた後の最終利益である『当期利益』なんです。なぜなら、それが銀行の評価を左右する自己資本比率に直結するからです。

それではなぜ支店部は、この『当期利益』を各支店に目標として設定しないのでしょうか？何かおかしくはありませんかね。だから私は貸出目標を達成するかどうかにあまり興味はないんです」

松原は直人の言うことに反論せずに沈黙していた。直人は水面下の自分の使命を明かすわけにはいかなかったので、遠回しにそのことを説明したつもりであった。

「支店長、支店部の貸出目標をクリアすることは簡単です。目線を下げて法人新規工作先を探せば十億、二十億の新規貸出は容易に達成することができます。

しかし、バブル崩壊が始まろうとしている時にそんな行動をとれば、次の世代に大きな損失を負担させることになるんじゃありませんか？　だから今は新規貸出を伸ばすことより既存の取引先企業の再建に取り組み、次の世代にいかに損失を先送りしないで済むかを、業績評価で競わせることが必要なのではないでしょうか。それが今求められている本来あるべき目標設定の姿だと思います」

「なるほど、あなたの主張はまさに正論だね。しかしながら、我々も組織の中で仕事をしている以上は、その組織のルールに従わざるを得ないだろう。ルールがおかしいと営業現場が主張することの自体がナンセンス（意味がない）だよ」

「しかし支店長、誰かがそうしたまともな主張をしないと、いつまで経っても何も変わりませんよ。ぜひとも来週の支店部長との面談で、支店長にそれを主張してもらいたいんです」

直人は「やはり、どんな支店長でも、本部の目標がどんな不合理な設定がなされていようが、自分の任期中は目先の業績を伸ばして自分の評価を上げたいと思うんだろうなあ」と諦めてしまった。

ところが、松原は支店部長に真っ向勝負してくれたようだ。

「山本君、あなたの考え方を支店部長にストレートに伝えたよ。そうしたら彼がこう言ったんだ。『松原さんは初めての支店長だから聞かなかったことにするが、そんなことを本部に直訴すると左遷されるよ』

そこで私は彼に言ってやりました。

『どこに左遷されようとも、誰かがまともな主張をしなければ当行は何も変わりませんからね。左遷、結構じゃないですか。お受けしますよ』と」

直人は彼を見直した。そして心の中で思った。

「あなたこそ巨艦の舵取りを任せられる経営者になれるんじゃないか」

直人は、与えられた使命を達成するための具体策を考えた。

そこでまず、既存の取引先を現在の業況に合わせてA・B・Cの三つに分類することから始めた。

Aは業況に問題のない優良企業、Bは業況が悪化している要注意先企業、Cは業況不振で破綻する危険性が高い企業である。もちろん、新規開拓先はAに分類した企業だけに的を絞って慎重に工作した。

直人は法人新規担当者と一緒に、午前中はこの法人新規先を中心に外報活動を行い、午後はB・Cに分類した取引先を訪問し、様々なリストラ策を取引先に提案した。したがってAに分類した優良企業への訪問は効率性を考えてできるだけ控えた。

参考までにB・Cに分類した取引先に対する具体的な提案内容とは、「取引先の紹介による売上高の増強・遊休不動産の売却による借入金の圧縮・経営統合・役員報酬等の見直し」などであった。

直人は月島支店に着任してから二年間で、B・Cに分類した取引先企業約一〇〇社のリストラをサポートし、一社も破綻することはなかった。松原もようやく直人の考えを理解してくれ、支店部の業績評価目標などにこだわることはなくなった。目先の実績よりもバブル崩壊時に発生するであろう損失に、今の段階でどれだけ備えることができるかという直人の使命をようやく理解してくれたのである。

しかしながら、ミツワ銀行の田邊支店長が指摘していたように、そのような対策は遅きに失したことは否めない事実であった。直人の仕事は山登りで言うとまだまだ三合目で、半分にも達していなかった。

そして約束の二年が来た。松原は直人を呼んで辞令を言い渡した。

「山本君、二年間ご苦労様でした。あなたのことだからまだまだやらなければならないという気持ちでいっぱいだと思うが、バブルの崩壊が現実のものとなったからには、もはやいつまでも局地戦が許されるような状況ではない。月島支店での二年間の営業現場の貴重な経験をこれからは当行全体、いや銀行業界全体のために役立ててくれ。次の戦場は『企画部』だ。司令部での活躍を祈っています。またいつかどこかで会いましょう」

直人はこの後、本格的なバブル崩壊の中で、文字通り死に物狂いの死闘を繰り広げることになった。

第五章　金融危機

平成四年（一九九二年）、それまで順調に推移していた日本経済は一変し株価や不動産価格が急落し始めた。これがバブル崩壊による「失われた十年」の始まりであった。証券業界では山一証券が、銀行業界では政府系の日債銀や長銀が、都市銀行では北海道拓殖銀行が破綻し足利銀行などの地方銀行の破綻も相次いだ。

大蔵省は不良債権の急増を食い止めるために不良債権となった貸出を一気に償却させようと考え関東銀行協会に至急対策を検討するように指示した。巨額な不良債権を一気に処理するためにはまとまった償却原資が必要になる。東京丸の内銀行の岸本頭取は直人にこの償却原資を捻出する方法がないか相談した。彼は関東銀行協会の会長として全国の銀行に一日も早く不良債権を処理しないと大変なことになると訴えていたのだ。

「山本君、大蔵省が自由民衆党の大物政治家からの要請で、急増している不良債権を一気に処理するため企業が保有している土地を時価評価して、その含み益（時価が簿価を上回っている会計帳簿に現れない利益）を償却原資にしようとしているそうだ。そうすれば、それを使って一気に不良債権を処理できるからね」

「頭取、それは一時的には効果がありますが、現在不動産の価格は下落しています。これ以上下落し続けると逆に含み損（時価が簿価を下回っている会計帳簿に現れない損失）が発生しますよ。そういう意味ではこの方法はまさに諸刃の剣だと思います」

「そうか、そういうことだな。それでは後になって自分の首を絞めかねないな。困ったなあ。何か他にいい案はないのか？」

直人は不良債権処理の原資をどうすれば手っ取り早く捻出できるか密かに検討していた。しかし、考えついた方法は極めてハードルが高かった。そのハードルとは「法務省」の超保守的な壁だった。

「頭取、一つ方法があります。『税効果会計』を導入することです。もちろん、これは銀行業界だけの話ではなく日本企業すべてに適用される会計原則ですから交渉相手は大蔵省だけで済む話ではありません。法務省を納得させる必要があります。果たして法務省がそれを認めてくれるかどうかです。法務省が認めてくれると数十兆円規模の償却原資を捻出することができます」

ここで少し専門的な説明をすると、大蔵省は銀行業界や保険業界の行政指導に加え、証券業界も管轄しており証券取引等監査委員会を傘下に持っている。したがって大蔵省は銀行法や保険業法に加え証券取引法も所管していることになるが、その対象は大企業を中心とする上場企業に限られている。

一方、法務省は商法を所管しており、その対象となるのは全ての日本企業三六七万四〇〇〇社に上っている。ちなみにこのうち上場会社等の大企業・中堅企業数は約一万社、この割合は実に全体の〇・三パーセントに過ぎないのである。したがって、日本の企業の大半は中小企業で、それらを所管しているのが法務省ということになる。

直人は丸の内銀行と東京日本橋銀行との合併に際して法務省に一度相談に行ったことがある。それは存続銀行であった丸の内銀行が東京日本橋銀行の資産を合併で受け入れる際の価額に関する相談であった。その時、直人は村田秀夫という手強い課長補佐を説得するのに随分と苦労した経験があったので、『税効果会計』を導入するとしても、相当ハードルが高くなるのではないかと躊躇《ちゅうちょ》していた。

しかし、今回の金融危機はそんな悠長なことが許されるような状況ではなかった。直人は覚悟を決め、霞《かすみ》が関《せき》の中央合同庁舎六号館のA棟の十二階に向かった。その交渉相手はあの時と同じ論客の村田課長補佐であった。

「村田さん、お久しぶりです。東京丸の内銀行の山本です。その節は大変お世話になりました。今回またご相談があって参上いたしました」

「ああ、あの時の威勢の良かった銀行屋さんね。よく覚えてますよ。それで今日はどんな用件ですか？　私は忙しいのでそんなに時間は取れませんよ」

「それでは手短にお話しさせていただきます。ご存じのように現在銀行業界は、政府から不良債権処理を一気に進めるように強い要請を受けております。しかし不良債権を処理するためにはまとまった償却原資が必要です。そこで、その原資を捻出するために現在証券取引法決算（連結決算）では認められている『税効果会計』を、商法決算（単体決算）においても認めていただけないかというご相談なんです。いかがでしょうか？」

村田はそれを聞き、嘲笑《あざわら》って直人に答えた。

「山本さん、あなたは法務省が『税効果会計』をなぜこれまで認めて来なかったか、よく知っているでしょう。商法は『債権者保護』という大原則があって、『投資家保護』だけを目的とする証券取引法と違ってかなり厳格なんです。法務省としては、そんないい加減な税効果会計を商法決算で適用することを認めるわけにはいきません。何度来られても時間の無駄です」

予想通り法務省の壁は高く、一筋縄では攻略できそうになかった。直人は銀行に戻る千代田線の電車の中で、次の一手を考えていた。

そもそも『税効果会計』とは、将来見込まれる節税効果を事前に認識する会計手法であり、その金額を繰延税金資産として貸借対照表に計上することになる。貸借対照表はバランスシートといって借方と貸方がバランスしなければならない。したがって資産計上された繰延税金資産の相手科目は利益となり、これが不良債権処理の償却原資になるわけである。

『税効果会計』は、上場企業のような大きな会社に義務付けられている証券取引法決算ではすでに任意適用することが認められていたが、大多数の中小企業では商法決算の財務諸表だけしか義務付けられておらず、証券取引法決算の財務諸表を作成する義務はない。つまり、この話は大多数の中小企業を巻き込まないと法務省を納得させることができなかったわけである。

そこで直人はある作戦を思いついた。それは全国経済団体連合会にこの話を持って行くことであった。バブルの崩壊に伴い、ほとんどの日本企業が赤字決算に苦しんでいた。したがって、この赤字の累積額となる欠損金の税効果を利益として計上できれば、銀行業界だけではなく産業界全体が助かることになるからである。

直人は、いつも出席していた全国経済団体連合会の財務部会で思い切ってこの問題を提起した。すると出席していた会員企業が予想通りこの提案に飛びついてきた。直人には法務省を攻め落とす最終作戦がようやく見えて来た。それは「大蔵省」と「通産省（現経産省）」が手を組んで法務省に立ち向かうという作戦であった。

平成十年（一九九八年）十月に、「税効果会計」はついに商法決算にも導入されたわけである。この時に金融機関の貸借対照表に計上された「繰延税金資産」は、なんと十兆円以上に上った。これと同額の利益が捻出され不良債権処理の原資となり、一気に不良債権処理が進んだ。これで日本の銀行は金融危機を回避できたかと思われたが、その運用を巡って思わぬ副作用が発生した。

それが「繰延税金資産」の過大計上問題である。今度はこの問題に会計監査業界が巻き込まれ、竹田金融担当大臣の「竹田プラン」の目玉政策となった「会計監査の厳格化」に繋がったわけである。

その結果、繰延税金資産の「過大計上」を指摘された銀行が、バタバタと経営破綻に追い込まれることになった。銀行業界が産業業界を巻き込んで導入にこぎ着けた「税効果会計」が、思わぬ落とし穴にはまったのである。


直人は当時のこの問題を振り返って、一体どんなボタンのかけ違いをしたのかを考えてみた。

ある時、関東銀行協会の会長行を担当していた東京丸の内銀行の永井克典常務が、電話で直人に質問してきた。

「山本、銀行業界は『不良債権問題』が『繰延税金資産』問題に形を変え、より深刻な状況に陥っている。不良債権問題を早期に解決する切り札として導入された『税効果会計』という魔法の杖《つえ》が、今度は逆に凶器となって銀行業界を襲ってきている。大蔵省も不良債権問題に加え、新たに『会計の問題』に巻き込まれ大混乱している。

何かボタンのかけ違いをしているんじゃないかと思っている。お前はこれらの問題をどう考えている?」

直人は頭脳明晰《めいせき》な永井が珍しく悩んでいることに驚いて、こう言った。

「常務、この問題の本質は大蔵省の『越権行為』なんです。『税効果会計』が適切に適用されているかどうかを監査する際に、大蔵省が細かいところまで踏み込んだ解釈指針を会計監査業界に作らせたために発生した弊害だと思います。

そもそも大蔵省は銀行の自己資本比率が八パーセントを下回らないように指導する立場なので、その算定方法だけを定めれば十分だったのに、それを会計の問題と勘違いして監査業界に丸投げしてしまったため会計原則が銀行業界の箸の上げ下げまで細かく規定してしまったんです。そこがボタンのかけ違いを起こした一番大きな原因です。つまり、『竹田プラン』が越権行為を引き起こし、この混乱が生じたわけです。

したがって解決策は一つしかありません。大蔵省と会計監査業界にそれぞれの役割に責任を持たせて、決して越権行為をさせないようにすることです」

頭のいい永井はそこまで話すと何かが閃《ひらめ》いたようで、「わかった」と言って電話を切った。

彼はすぐに霞が関に向かった。

「大崎課長、これからは会計監査法人が認めた『繰延税金資産』を、改めて大蔵省が厳しく検査することはやめてください。餅は餅屋に任せるべきです。つまり、大蔵省は会計監査で認められた『繰延税金資産』のうち各銀行の収益力に合わせて『自己資本比率』を算定する際に、信用力に差をつけた運用をすればいいんじゃないですか。そうすればこの問題は解決します」

その後、銀行業界は『企業再生』に注力することにより、不良債権の追加発生を防ぐために自らこの問題を解決する方向に舵を切った。「竹田プラン」はその存在意義を失ってしまい、不良債権問題もようやく解決の糸口が見えてきたわけである。

第六章　法務省の壁

直人が銀行に入行した昭和五十一年（一九七六年）当時の都市銀行は、全部で十三行あった。今はこれらが四つのグループに集約されている。すなわち、稲穂グループ、三越井桁グループ、丸の内ＵＢＪグループ、りそうグループである。

当時の大手都市銀行は、第一銀行、芙蓉《ふよう》銀行、井桁銀行、ミツワ銀行、丸の内銀行、三越銀行、東洋銀行の七行であった。各銀行は決算が発表されると行内で「他行比較」と称する政策検討会を開催して、翌期の重点施策が検討されていた。しかし、こうした検討会はあくまでも銀行本体の比較にとどまり、その傘下の子会社（親会社が五十パーセント超出資）や関連会社（親会社が二十パーセント以上出資）は含まれることはなかった。

なぜなら、それまではグループ全体に占める銀行本体のシェアが極めて大きかったため、銀行本体だけの比較でその優劣が十分わかったからである。

ところが、昭和の終わりから平成にかけて日本の企業は業容の拡大を目指し、子会社や関連会社を大幅に増やした。したがって本体だけの比較ではなく、グループ全体で比較しなければその期の業績の優劣がわからなくなってきたわけである。

してていた。

そこで産業界は、グループ全体を統括する持ち株会社を解禁してもらうように法務省に要望していた。

法務省はようやくこれに応え、平成九年（一九九七年）六月に持ち株会社の解禁を織り込んだ独占禁止法の改正に踏み込んだ。これにより戦後財閥解体によって長年禁止されていた、グループ全体を統括する「持ち株会社」の設立が認められたわけである。税法もこうした動きを踏まえ「連結納税制度」が新設され、グループ経営管理を後押しする形で「組織再編税制」がまとめられた。

平成十四年（二〇〇二年）、東京丸の内銀行の岸本頭取は、他に先駆けグループ経営管理に舵を切り、金融機関としては第一号となる「連結納税制度」を導入して、持ち株会社の丸の内東京フィナンシャル・グループ（ＭＴＦＧ）を頂点とするグループ経営管理体制をいち早く整えた。さらにこの持ち株会社を活用して、丸の内信託銀行との経営統合に踏み切ったわけである。「ＭＴＦＧ」は、まさに順風満帆の船出をしたかに見えた。

ところが持ち株会社の第一期目の決算が終了し、株主への配当が予定通り行われようとしていた矢先に、「持ち株会社に株主に配当する原資となる『利益剰余金』がないこと」が判明した。

商法では「債権者の保護」を目的に株主へ配当を実施する場合には、前期末に配当原資（配当可能利益）を確保しておかなければならないという「配当財源規制」が定められている。その配当原資は、毎年稼得されてきた利益の累積である「利益剰余金」に限定されていた。

ところが、持ち株会社はそもそも新設されたばかりなので、前期末に利益などは存在しない。したがって、「配当財源規制」に抵触し、配当ができなかったわけである。

これは明らかに商法が新しく登場した持ち株会社を想定していなかったことが原因であり、法務省は独占禁止法を改正する際にこの問題に対応すべきであったのだ。

直人はすぐに法務省に直訴した。法務省の担当者は、あの理論家の村田課長補佐であった。直人は以前、彼と激論の末、やっとの思いで商法に「税効果会計」を認めさせた経緯があった。

「村田課長補佐、持ち株会社は商法の『配当財源規制』がネックとなり、設立初年度に株主に配当することができません。これは持ち株会社を解禁した時に法務省がその対応を怠ったことが原因ではありませんか？　至急この対応をお願いしたいんですが……」

「またお前か。以前『税効果会計』導入の時は自由民衆党の大物政治家の圧力もあり、こちらも手加減せざるを得なかったが、柳の下にドジョウは二匹いないよ。

法務省はその問題についてては、ちゃんと対応を済ませている。持ち株会社新設時に子会社の利益を『資本剰余金』として引き継ぐことを認めており、これを『配当可能利益』として認めている。したがって、『利益剰余金』がなくとも、この『資本剰余金』を使えば配当はできるんだ。何の問題もない。それを使って配当すればいいいんだよ。法務省はそれを違法配当とは絶対に言わないよ」

　直人は頭の切れる村田のことだから、すんなり自分たちの怠慢を認めることはないだろうとは考えていたが、なんと彼はこの問題をすでに法律に織り込んでいると反論してきたのだ。

　しかし、配当金の支払実務を知らない役人は、それが実際の企業活動の中で果たして機能するのかどうかという疑問を持つことはなかったのだろう。これには直人も呆れ果てて空いた口が塞がらなかった。

　法務省は自分の庭さえ綺麗《きれい》にしておけば、他の省庁で何が起きようが知ったことではないという「縦割り行政」の最たる省庁であった。おそらく頭脳明晰でずる賢い村田は、そのことを十分わかっていたはずである。彼は直人に「国税庁に早く相談に行け！」と言って席を立った。直人も法務省が認めないというなら、次のターゲットは国税庁だとわかっていた。

　これによってどのような弊害が発生するかと言えば、法務省が主張するように「資本剰余金」を使って配当すると、税務上の取り扱いは配当する側にとってはそれが「資本の払い戻し」となり、株主側からすると、それは「投資の払い戻し」となるのである。

　つまり、投資している株主は「利益」に計上できる「配当金」をもらえると思っていたのに、「資本剰余金」を原資にする配当をもらうと「投資の払い戻し」となり、「利益」にはならないのである。

　また、それを「利益」に計上できないばかりか、当初の投資価格と比較してその価格が下落している場合には、損失が発生することになる。株式の持ち合いをお願いしている取引先に、こんな迷惑をかけるわけには行かない。

村田はこうした問題をわかった上で、直人に国税庁に早く相談に行けと言っているのである。

今回は前回と違って直人の方に勝ち目はなかった。そうかと言って、国税庁を説得することも相当ハードルが高かった。

直人はこれ以上の議論は時間の無駄であると考え、五木繁頭取にこの窮状を報告した。

彼はさすがに経営トップだけあって、この問題を全く違う角度から考えていた。彼は長年の経験からか、法務省や国税庁を相手にするより、こうした彼らの怠慢を明らかにして、今期配当ができないことを投資家に素直に訴えることを良しとしたのである。直人はすぐに東京証券取引所の上場管理室に電話を入れた。

「明日、貴所で今期の配当について記者発表をさせていただけませんか？　具体的な内容は、『行政の不作為がいかに日本の投資活動の弊害になっているか』という重要な問題です」

上場管理室の室長は、その話を聞いて二つ返事で答えた。

「よくわかりました。存分にやってください。多くの記者たちを集めておきますから」

第七章　経営統合バトル

バブル崩壊による「失われた十年」（平成四年〔一九九二年〕～平成十四年〔二〇〇二年〕）が終わっても、不良債権問題は一向に収まる気配がなく、次の十年に持ち越された。

それは、大手都市銀行の一角を占めていたＵＢＪ銀行を破綻に陥れようとしていたのである。平成十五年（二〇〇三年）八月二十日、金融庁は大口の貸出取引先一〇〇社に集中した検査と称して「特別検査」を開始した。この検査部隊を率いていたのが、あの大崎主任検査官であった。

彼が最初にターゲットにしたのは、関西系の大手都市銀行であった。直人が彼に後から聞いた話では、彼はその時の検査対象を三越井桁銀行にするか、それともミツワ銀行と東洋銀行が合併してできたＵＢＪ（ユナイテッド・バンク・オブ・ジャパン）銀行にするか迷っていたそうだ。どちらもいつ破綻してもおかしくないくらい財務内容が痛んでいたと言うのである。

余談であるが、当時の岩原都知事は銀行名がすべて漢字が入らないカタカナのＵＢＪ銀行を、まるでキャバレーのような名前だと言って痛烈に批判していた。

そして同年十月九日に、大崎主任検査官が率いる検査部隊は霞ケ関駅から地下鉄千代田線に乗り大手町駅で降りた。その駅の上にあったのは、三越井桁銀行とＵＢＪ銀行の東京本部であった。彼らはＣ６番出口に向かった。その上にはＵＢＪ銀行の東京本部があった。

通常、この特別検査は二か月ほどで終わる予定であったが、ミツワ銀行に吸収合併された東洋銀行出身のある行員が、「不良債権の二重帳簿が別室にある」と検査官に内部告発したことから、ミツワ銀行が取引先の資産査定資料を隠蔽していた事実が明るみになり、この特別検査は翌年の平成十六年（二〇〇四年）三月まで延長された。

ＵＢＪ銀行は徹底的に検査を受けることになった。そして、同年四月二十三日に金融庁は同行に、特別検査結果を「約七〇〇〇億円の引当不足」と通知した。これを受けて同行の経営トップは引当不足の資金を捻出するため、傘下のＵＢＪ信託銀行を井桁信託銀行に三〇〇〇億円で売却するという覚え書きの締結に踏み切った。残りの四〇〇〇億円は公募増資を計画していたようだ。

ところが、同年六月十八日に金融庁はＵＢＪ銀行に、特別検査での「検査忌避」（検査を妨害する行為）を理由に業務改善命令を発動したのである。このため同行の経営トップは信用不安から、予定していた公募増資を断念せざるを得なくなった。

業務改善命令を受けて経営陣は総退陣し、新しく頭取に就任した沖田宗隆は東京丸の内銀行の五木繁頭取に電話を入れ「資本支援」を依頼するとともに、井桁信託銀行と基本合意していたＵＢＪ信託銀行を三〇〇〇億円で売却するという覚え書きを白紙撤回した。ＵＢＪ銀行は、ついに東京丸の内銀行の軍門に降ったわけである。

ここからＵＢＪ銀行との経営統合を巡って、東京丸の内銀行と三越井桁銀行との間で前代未聞の経営統合バトルが始まった。

直人は公表されている財務諸表をもとに、急いでＵＢＪ銀行の直近の資産・負債の内容を調べた。

その結果、同行の実態純資産（資産から負債を差し引き、含み損益を加味した実質的な資産）は、公的資金の受入額を除くと実質債務超過（債務が資産を上回っている状態）であることが判明したのである。

商法は債務超過の会社との経営統合を禁止している。なぜならば、それは株主に対する背任行為そのものだからである。

直人は頭取からこの債務超過の問題及び合併比率に関してご下問を受け、どのような理屈でＵＢＪ銀行が実質債務超過ではないと説明できるかを考えた。そして頭取にこう答えた。

「ＵＢＪ銀行は実質債務超過ですが、彼らの卓越した営業力を評価すれば債務超過ではないと言えなくもありません。ただし、それは経営統合後にそれだけの収益を上げることが前提となります。それを前提とする合併比率を計算すると一対〇・三となります」

この合併比率であれば誰もが納得するだろうと思われたが、平成十七年（二〇〇五年）七月三十日、突然三越井桁銀行の東川頭取が、合併比率一対一とするＵＢＪ銀行との対等合併を提案してきたのである。

この東川頭取の提案は、後に同行の中でも「殿ご乱心」と言われるほど無謀な提案であった。これを機に両行は様々な対抗策を繰り出し、まさに関東系と関西系の両銀行の意地を懸けた「経営統合バトル」が始まったのである。

東川頭取の次の一手は、UBJ銀行の発行済み株式を五十一パーセント取得する「株式公開買付け（TOB）」であった。これに対して東京丸の内銀行の五木頭取は、同年九月十日にUBJ銀行に対する七〇〇〇億円の資本支援を決定し、一週間後の九月十七日にこの七〇〇〇億円の増資払い込みを完了した。さらに取得した株式の比率が希薄化（増資などで持ち株比率が低下すること）しないように、ポイズンピル（事前に既存株主に新株発行権を付与する毒薬条項）という買収防衛策まで繰り出した。

これにはさすがの東川頭取も次に打つ手がなくなり、翌年の平成十八年（二〇〇六年）二月二十五日に、UBJ銀行への経営統合案の白紙撤回を正式に発表した。

こうした「経営統合バトル」の結果、東京丸の内銀行とUBJ銀行との合併比率は、最初に直人が計算した一対〇・三から一対〇・六二と、UBJ銀行の価値が倍以上に跳ね上がったわけである。

東川頭取の作戦は、最初から東京丸の内銀行の株主に不利益を与えようとしたのか、それとも逆にUBJ銀行の株主に利益を与えたかったのか、彼が亡くなった今となってはその真意は不明である。彼はその後すぐにヤマト証券グループとの経営統合に突き進むことになった。

直人はこうした前代未聞の「経営統合バトル」を目の当たりにして、経営者としての品格がどうあるべきなのかを自問自答した。

「経営者たるものが、個人的な意地の張り合いで企業経営して良いのだろうか？　経営トップの指示でいつも振り回されるのは、その下で働く兵隊たちなのである。それが意味のあることならまだしも、単なる個人的な意地の張り合いであったとしたら、それはとんでもない経営資源の浪費である。

経営者たる者はそんなことをやるべきではない。なぜならその間にＵＢＪ銀行の経営危機はどんどん進み、場合によっては本当に経営破綻してしまうことさえあり得たのである。そうなった時には取り返しがつかないほど計り知れない損失を被ることになったはずである。それは間違いなく国益に反するものである」

第八章　金融担当大臣の焦り

竹田武蔵は平成十四年（二〇〇二年）九月から平成十六年（二〇〇四年）九月までの二年間、第二次大泉内閣で金融担当大臣を務めた。彼はハーバード大学での留学経験を活かして、バブル経済崩壊後の日本の銀行の不良債権処理をかなり強引に推し進めた。

ところがこの時期はあまりにも日本の不良債権が急増していたこともあり、彼が思い描くシナリオ通りに不良債権が減少することはなかった。

彼は留学中に過去のアメリカでの不良債権の処理方法を研究し、それを参考にして邦銀の不良債権処理を一気に進めようと考えていた。彼は自らの在任期間中に不良債権の処理を加速させ、金融担当大臣として実績を挙げようと「金融再生プログラム」、通称「竹田プラン」を策定して大手金融機関にこれを強制した。これを裏でサポートしたのは、元日銀マンの本村剛と言われていた。

具体的には金融機関に厳格な資産査定（貸出の返済可能性を判定する作業）を義務付け、その結果を国際的な自己資本比率規制に反映させて、最低限クリアしなければならない自己資本比率八パーセントを下回った場合には経営陣を総退陣させるという「業務改善命令」の発動を可能にした。

さらにその数値目標として既存の不良債権は二年以内に、新規発生の不良債権は三年以内に売却して貸借対照表（バランスシート）から完全に切り離せという、銀行の経営方針にまで踏み込んだとんでもない目標を課した。「竹田プラン」によって、各金融機関は「不良債権を売却すること」自体が最大の経営目標となってしまったのである。

営業現場は「業績不振な取引先企業を再生させる」というこれまでの本部の運営方針に沿って奮闘努力してきたが、この長年にわたり築き上げてきたビジネスモデルが一変してしまい、それまでの銀行と取引先の信頼関係は完全に崩れ去ってしまったのである。


直人は五木頭取に随行して金融庁を訪れた時に、竹田大臣と頭取の議論を聞いたことがあった。大臣は頭取に質問した。

「五木さん、日本の金融機関はいつになったら本気になって不良債権の削減に取り組むんですか？　このままでは日本は沈没してしまいますよ。銀行の経営者は早急に不良債権を外資系金融機関に売却し、一気に削減を図るべきじゃないですか？」

「大臣のおっしゃることはごもっともですが、日本の銀行は欧米の銀行と違って取引先との関係をもっと長期的な視点で考えているんです。取引先の業績が悪化したからといってすぐに長年の取引を解消したり、その貸出を市場で売却したりする欧米の銀行とは違うんです。我々は取引先を再生させることを経営の最重要課題としています。それがひいては日本経済の再生に繋がると信じているからです」

「そんな悠長なことを言っていると、銀行自体が破綻するようなことになりかねませんよ」

「もちろん、再生の見込みがない取引先には自己破産や廃業などをアドバイスしながら、最善の選択肢を取引先と一緒に考えて進めています」

直人は、この二人の噛《か》み合わない会話を聞きながら思った。

「竹田大臣の進め方は、過去の欧米の銀行がやって来た方法をそのまま日本に導入しようとしているが、ここは日本であり、欧米の銀行のやり方は必ずしも日本では馴染《なじ》まないんじゃないか。日本には日本の実情に合わせて長年培ってきた取引先との信頼関係があり、企業と一緒になって再生を考えていくという日本独自のやり方がいいのではないか」

その時、五木頭取が直人に発言を促した。直人は米国での不良債権処理に詳しい竹田大臣にわかってもらうためには、彼が知らない日米の貸出実務の違いを説明した方がいいのではないかと考えた。

「大臣、日本の不良債権は現在五十兆円を超え、まだまだ増加し続けています。この水準は米国の過去の不良債権のピーク時の倍以上の水準になっています。この彼我《ひが》の不良債権の大きな違いは、そもそも米国では直接金融（企業が増資等、直接株式市場から資金調達する金融の仕組み）が主流であり、日本のように銀行借入（間接金融）の依存度が高くないためでしょうが、実はもう一つ大きな原因があります。それは、日米で貸出実務が大きく異なっていることによるものなんです。

日本の銀行は取引先を総合的に判断して貸出しますが、米国は個々のプロジェクト（事業）に対して貸出をします。すなわちプロジェクト・ファイナンスと呼ばれる貸出です。したがって、不良債権の認定もこの貸出実務に合わせて、日本では企業（債務者）単位で米国ではプロジェクト（事業）単位なんです。

大臣、もうおわかりですよね。景気悪化局面では日米のどちらがより不良債権が多くなると思いますか？　そうです、日本は企業単位で不良債権を認定しますので、日本の方が米国に比べ圧倒的に不良債権の増加ペースが速いんです。さらに米国では不良債権となったプロジェクト・ローンは市場で売却できますが、日本では取引先企業宛の貸出を安易に市場で売却することなどできませんし、そもそもそんな貸出金を売却できる市場などはまだ整備されていませんよね。だから日本の不良債権は減らないんです。

今回の大臣がお作りになった『竹田プラン』は、主要銀行に不良債権の売却目標を課していますが、貸出債権を活発に売買する市場がない日本でこれを達成するためには、相対での『バルクセール（投げ売り）』しかないんです。そうすると、銀行はディスカウント価格での投げ売りにより、さらに損失が膨らむことになります。おそらくその行き着く先は『経営破綻』です。

したがって、もしも私が金融担当大臣の立場であれば、不良債権の強制売却というやり方ではなく、もっと本質的な解決策を打ち出します。それは『取引先企業の再生』です。取引先企業を再建することができれば、今度は逆に企業単位で不良債権は減少して行くはずです。そうすれば『竹田プラン』を強制しなくとも不良債権の減少は加速するはずです」

竹田大臣は直人の話に頷いてはいたが、負けん気の強そうな大臣は直人の案にこう反論した。

「山本さん、あなたの言うことは一理あると思うが、現在の日本の銀行の危機的状況を見れば、そんな悠長な対策が許されるような状況ではないでしょう。やはり、今一番必要なことは『スピード』なんです」

竹田大臣が指示した不良債権の削減目標を達成させる期限は、自分の在任期間に合わせたため、残された時間はそんなに多くはなかった。結局「竹田プラン」は業況が悪化した取引先企業を問答無用に退場に追い込む「破綻プラン」となってしまった。

こうして銀行と企業との長年の信頼関係は、「竹田プラン」によって大きく変えられてしまった。それはまさに「銀行のビジネスモデル」を根底から覆すものであった。これが現在の銀行業界の凋落《ちょうらく》に繋がっていないと断言できる人は、そう多くはないだろう。

第九章　宿敵の訃報

令和元年（二〇一九年）十二月二日、直人の銀行時代の宿敵、元金融庁検査部長の大崎俊一が肺がんで亡くなった。享年七十二であった。

彼とは丸の内銀行のニューヨーク証券取引所上場、東京日本橋銀行との合併、不良債権問題、丸の内信託銀行との経営統合、金融持ち株会社の設立、ＵＢＪ銀行の救済合併、リーマン・ショック、モルゲン・スタンリーの救済など様々な場面で、味方になってくれたり敵になったりと、昔からのライバルで親友のような関係でもあった。直人が銀行を退職した後も、こうした因縁の関係は続いていた。

実は彼が亡くなる一か月ほど前に、直人は彼から電話をもらっていた。

「もしもし、山ちゃん（いつの間にか『山本ちゃん』が『山ちゃん』に変わっていた）、お元気？　私は今病院にいるのよ。古希（七十歳）を過ぎたとたんにあっちもこっちもガタが見つかってさあ。あなたも身体にだけは注意してね。奥さんの介護はまだ続いているんでしょう？ご苦労さま」

ちなみに彼は、言葉遣いはいわゆる「オネエ」系である。

「大崎さん、突然どうしたんですか？　その後のご活躍は風の便りで聞いていましたよ。竹田金融担当大臣の実行部隊の切り込み隊長として、不良債権問題を快刀乱麻のごとく解決され、その手腕を買われて検査部長にまで上り詰めたんでしょう。さすがは大崎さん、恐れ入りました。

しかし、入院とは大崎さんらしくありませんね。長年の無理が祟《たた》ったんですかねえ。まあ、いい機会だからゆっくり養生してくださいよ。まだまだ老け込むような歳ではないでしょう」

「そうね。やっと銀行業界も落ち着いてきたことだし、この際、私もゆっくり休養するわよ。ただ最近、妙に昔が懐かしくなることがあるのよね。今日もあなたとの昔の武勇伝を思い出していたら、ついついあなたと話したくなって電話したっていうわけなのよ。私もそろそろお迎えが近いのかしらね」

「どうしたんですか。いつも強気の大崎さんが、そんな弱気でどうするんですか。まだまだ七十二歳でしょう。今は人生一〇〇年時代ですよ。まだまだこれから三十年近くもあるんですよ」

直人はこんな冗談を言い合っているうちに、何か嫌な予感がしてきた。

「大崎さん、どちらの病院に入院されているんですか？　一度お見舞いにお伺いしますよ」

「山ちゃん、それには及びませんよ。あなたも奥さんの介護でそれどころじゃないでしょう。私は今すぐどうってことはありませんよ。また元気になったら霞が関でお会いしましょう」

直人はやはり少し気になった。あの大崎は、昔を懐かしがって電話をかけて来るような弱い人間ではない。直人は何か引っ掛かるものがあった。

直人は彼の訃報を聞いて、あの時お見舞いに行かなかったことを悔やんだ。


直人はその夜、大崎の夢を見た。夢の中では彼は至って元気だったが、反省しきりであった。

「山ちゃん、私は大蔵省に入省して五十年近くになるけど、その半分以上、銀行業界を担当させてもらったのよ。バブル崩壊に伴う日本の金融機関の最大の危機と言われた不良債権問題を解決すべく、金融検査に命を懸けてきたのよ。竹田金融担当大臣に呼ばれて握手してもらいながら、『日本のために頑張ってください』と激励を受けた時には、『俺がやらなければ誰がやる』と身の引き締まる思いでした。

ところが、丸の内銀行の山本直人という人間に出会ってから、これで日本は本当に良くなるのだろうかと、その考えが少しずつ揺らいで行ったのよ。なぜなら、私が厳しく検査をすればするほど、銀行はどんどん破綻してしまったのよ。おそらく破綻した銀行の行員やその家族の人たちは、その日から路頭に迷ったでしょうね。そんなことが本当に日本のためになるんだろうかと疑問を持ったのよ。その点、あなたは私とはまったく違う『企業再生』という解決方法を考えていたわね。どちらが正しかったのかしらね」

実は彼には同じ検査部にライバルが一人いた。彼と同期入省の中村耕三であった。「理論派」の中村と「実践派」の大崎は、金融庁検査部の中で出世頭の双璧であった。

竹田金融担当大臣の推薦で大崎が先に部長に昇進したものの、その後すぐに大崎の後任として中村も部長に就任した。結局、大崎が先に亡くなったことから、このライバル競争は中村の勝利で終った。

直人は中村ともよく議論を闘わせた仲であったが、彼の「官僚主義」の生き方よりも、大崎の天下国家を論ずる「憂国主義」の考えの方が直人の性に合っていた。直人も大崎と同じように「実務家」であったからだろう。

大崎は夢の中で自責の念に駆られているようだったが、不良債権という問題が発生していなければ、彼は全く違う『検査官人生』を歩んでいたはずだ。そしてそれは直人にも当てはまることであった。不良債権問題がなければ、直人もまた全く違う『銀行員人生』を歩んでいたことだろう。

二人ともバブル崩壊に伴う不良債権という得体の知れない魔物に翻弄され、その後の人生を大きく変えられてしまったのかもしれない。しかしながら、二人ともこれまでの自分たちの生きざまには、全く後悔はしていなかった。

大崎は残念ながら亡くなってしまったが、直人にはまだまだやらねばならないことが山積していた。直人は天国の大崎に伝えた。

「大崎さん、長い間いろいろとお世話になりました。あなたの功績はいつか歴史が証明してくれるでしょう。あなたが単なる強面《こわもて》の豪腕検査官ではなかったとね」

終章　別離

令和四年（二〇二二年）四月二十九日。ゴールデンウィーク初日の早朝六時頃、直人の携帯電話が鳴った。こんな朝早い時間に誰からだろうと思いながら携帯電話を取ろうとした瞬間に、電話は切れてしまった。

残された電話履歴の番号に折り返すと、それは直人が丸の内銀行に入って二か店目の元住吉支店で一緒だった、後輩の平田誠の奥さんからだった。

「もしもし、山本ですが」

「山本さん、朝早くに申し訳ありません。実は主人が昨日のお昼に大動脈瘤《だいどうみゃくりゅう》破裂（大動脈の血管が薄くなって裂けた状態になり、血管の破裂に繋がり命を落とす可能性のある病気）で亡くなったんです。搬送されている救急車の中で心肺停止になり、病院に到着した時には既に亡くなっていたそうです。朝はいつものように元気に出勤して行ったんですが……。最期のお別れを告げることもできませんでした」

直人には、奥さんの声から電話の向こうで涙しているのがわかった。

「ええ！　まさか。あんなに元気だったのに。まだ六十そこそこでしょう？　私よりも随分若いのに、何でそんなことになったんですか。信じられません」

「山本さん、私はこれから一体どうすればいいんでしょうか。主人が亡くなったことを銀行のどこに連絡したらいいのかもわからないんです。これまで主人がひとりで何でもやってくれていましたので、私は全くタッチしていなかったんです。とりあえず、すぐに必要なお金だけは引き出そうと銀行に行ったんですが、主人は指紋認証を利用していたようで、カードではお金を引き出せないんです。一体どうしたらいいんでしょうか？」

「銀行の担当者に事情を説明してもダメだったんですか？」

「そうなんです。私は主人が勤めていた銀行のこんな対応に悲しくなりました」

「そうですか。それは大変でしたね。お金は私の方で立て替えますので遠慮なく言ってください。それから訃報の連絡ですが、今日はゴールデンウィーク初日ということもあり、どこまでみんながつかまるかどうかわかりませんが、とにかくわかっているところに片っ端から電話してみますよ」

「申し訳ありません。誰に相談したらいいのかもわからず、最近、主人とよく山本さんのことを話していましたので、『そうだ山本さんに聞いてみよう』と真っ先に思いついたんです。朝早くから申し訳ありませんでした」

「葬儀の日程などはまだ決まっていませんよね？」

「そうなんです。連休で火葬がいつできるのかわからないということで、日程はまだ決まっていないんです」

「わかりました。斎場や葬儀の日程が決まりましたら教えてください」

平田は昭和五十七年（一九八二年）に丸の内銀行に入行し、最初に元住吉支店に配属された。定期預金係を一年経験して、その後すぐに直人の後任として貸付係に異動してきた。定期預金係にいた時から、自分の仕事が終わるといつも二階の貸付係のカウンター越しに、

「山本さん、何かお手伝いすることはありませんか。何でもやりますから言ってください」と声をかけて来てくれた、真面目で誠実な青年であった。

彼は大分出身で、大学は九州大学経済学部だった。直人は彼から以前、「部活は弓道部でした」と聞いたことを思い出し、同じ九大の弓道部だった直人の入行同期の平塚に連絡してみた。

「もしもし、山本です。先日はお土産に五島うどんまでいただいてありがとう。久しぶりに懐かしい長崎の味を堪能させてもらったよ。

ところで、お前と同じ九州大学の平田誠という後輩を知っているよね。実は彼が昨日のお昼に突然会社で倒れて亡くなったんだ。大動脈瘤破裂だったそうだ。救急搬送されている時に心肺停止状態になって、病院に着いた時にはすでに亡くなっていたそうだ」

「え！　あの平田が？」

「そうなんだ。それで奥さんから電話があって、どうしたらいいかわからないと言うので、俺

が知っているところに訃報の連絡をしているんだ。彼はお前と同じ九大の弓道部だったよな。弓道部の卒業名簿を持っていないか？」

「山本、残念ながら弓道部のＯＢの名簿は作っていないんだよ。平田は弓道部だったけど歳がだいぶ離れていたから、大学では俺と重なっていないしな。大学で弓道部にいたことは知っていたから、銀行の弓道部に入るように何回か彼を勧誘したことはあるんだけど、確かその時、彼は仕事が忙しいと言って入部してくれなかったんだ。大学の同窓会にもあまり出席していなかったようだよ。申し訳ないが、彼の大学での交友関係もよくわからないなあ」

「そうか、わかった。じゃあ、こっちで何とかして調べてみるよ。ありがとう」

平田は最初の元住吉支店から大森支店に転勤し、その後、企画部で再度直人と一緒になった。彼は企画部では営業店の「事務合理化推進グループ」に配属され、業務企画部と連携して営業店の事務合理化の仕事を担当し、毎日夜遅くまで頑張っていた。直人は彼と「そのうち落ち着いたらまた飲みに行こうよ」と約束していたが、お互い忙しくて、とうとう最後までその約束を果たすことはできなかった。その後、彼は金融法人部に異動して学校法人に出向したはずである。

直人は元住吉支店で二年、企画部で五年、通算七年間彼と職場を共にした。直人は彼が結婚する前に、武蔵小杉の社宅に当時婚約者だった奥さんと嬉しそうに挨拶に来てくれたことを今でもよく覚えている。その頃は二人とも幸せいっぱいで、将来の自分たちの夢に胸を膨らませていたようだ。

直人はまず元住吉支店の当時の仲間に平田が亡くなったことを知らせた。当時の支店長に電話したところ、大型連休初日にもかかわらず家にいらっしゃった。相変わらずお元気そうな声であったが、平田の訃報に驚かれ、それまで懐かしい電話に喜んでおられた声が一気にトーンダウンしてしまった。直人は、支店長が四十数年も前の新人のことをよく覚えておられたなあと感心してしまった。

結局、元住吉支店の当時の仲間全員に連絡がつき、葬儀には十人以上が参列してくれた。最初の支店の仲間が葬儀では一番多かった。大森支店の仲間には残念ながら連絡が付かなかった。

直人はそれから企画部の当時彼と一緒だった連中に電話したが、彼らの反応に、「あの時一緒に働いた仲間の対応がこんなに薄情なものか」と驚いてしまった。ほとんどの仲間が「平田とはあまり親しくはなかった」と弁解して、葬儀の日程さえ尋ねようとしなかったのである。

もちろんコロナ禍でもあり、人が集まるところには行きたくないという気持ちはわからなくもないが、「これが泣いても笑っても最期のお別れなのになあ」と直人は非常に残念でならなかった。

お通夜は五月五日の子ども日の十八時から、近くの桐《きり》が丘《おか》斎場に決まった。平田は長男と長女の二人の子どもに恵まれた。遺された三人のうち、さすがに長男は気丈に振る舞っていたが、母親と長女は父親との突然の別れに、お通夜では涙を堪《こら》えきれずに終始嗚咽《おえつ》が止まらなかった。告別式は翌日の五月六日の十一時から同じ斎場で執り行われた。この日は平日の金曜日ということもあり、お通夜に比べると参列者もかなり少なくなった。

直人は最期のお別れで平田の冷たくなった額に手を触れた瞬間、彼が直人に何かを言おうとしているような不思議な感覚を覚えた。彼が今にも目を開けて起き上がって来るんじゃないかと思った。

直人はその日の夜、彼と元住吉支店で一緒に働いていた時の夢を見た。彼はいつものように直人にこう言っていた。

「山本さん、何かお手伝いすることはありませんか。早く仕事を終わらせて『カトリヤ』（焼き鳥屋）に飲みに行きましょうよ」

「よしわかった。じゃあ申し訳ないが、この貸出稟議書《かしだしりんぎしょ》を読んで何かおかしいところがないかチェックしてくれよ」

彼はしばらくその稟議書に目を通していた。そしていつものように直人に意見を言ってきた。

「山本さん、この取引先は本当にこの貸出を必要としているんですか。これは銀行の都合で取引先に借りてほしいと頼み込んだ貸出ではないんですか。私はこんな必要のない貸出をお願いすることには賛成できませんね。この貸出は本当に取引先のためなんですか？」

「平田、お前が言わんとしていることはよくわかるよ。しかし、銀行も営利を目的とする企業である以上は利益を稼がないといけないことはわかるだろう。確かにこの貸出はこの取引先にとっては必ずしも今すぐには必要ではないかもしれないが、これだけ売上を伸ばしているわけだから、これから増加運転資金が必要となるはずだ。そうした資金需要を他行に持って行かれないようにするためには、前広《まえびろ》にこの貸出を売り込んでおく必要があるんだよ」

「山本さん、ものは言いようですね。その理屈には確かに反論の余地はありませんが、私はどうしても取引先のことを第一に考えたいんです。銀行は優越的な立場を利用してはいけないと思っているんです。それだけなんです。それが私の信条なんです」

直人は自分の入行当時と同じような彼の正義感溢《あふ》れる考え方に思わず、

『平田、そうだ。その通りだ。お前の言う通りだよ。俺も本当はそう思っているんだ』と心の中で彼に拍手を送っていた。

その後、平田と二人で行きつけの焼き鳥屋でいつものように議論を続けた。そして直人はそろそろお開きにしようと平田に声をかけたが、平田はまた反論してきた。

「山本さん、話はまだ終わっていませんよ。もう一軒、もう一軒行きましょうよ」

これは一緒に飲みに行った時の彼の口癖であった。直人は夢の中で平田にこう言った。

「わかった、平田、そんなに話したいことがあるのなら今夜は何軒でも付き合うよ。真剣に聞いてやるから何でも言ってみてくれ」

平田は直人の夢の中でこう言った。

「山本さん、私はこれまでの自分の人生を振り返って、何も後悔するようなことなどありません。最愛の妻と二人の子どもたちに恵まれ、これ以上幸せな人生はありませんでした。飲みに行くと山本さんがいつも言っておられた『わが生きざまに悔いはなし』という言葉が、私の生きざまにもぴったりでした。私は同じ九州男児として、山本さんのような潔い生き方に憧れていました。まだまだ山本さんには教えてもらいたいことがたくさんありました。

最期に山本さんにぜひお願いしたいことがあります。それは私が家族に最期のお別れができずに逝くようなことがあったら、山本さんから三人に一言だけこう伝えてほしいんです。

『私の人生は六十二年と短かったけど、一切後悔などはしていない。お前たちが家族で本当に幸せな人生だった。これからみんな大変になるかもしれないが、これまで一緒に築いてきた家族愛が、きっとこれからの様々な苦難を乗り越えさせてくれる強い絆《きずな》となって、みんなを守ってくれると信じている。みんな、本当にありがとう』と。

山本さんは奥様の介護で毎日大変でしょうが、くれぐれもお身体には注意してくださいね」

「おいおい、平田、お前は俺より七つも若いんだぞ。そんな縁起でもないことを言うなよ。お前の人生はまだまだこれからだよ」

平田は夢の中で反論もせずに、黙って直人の話を聞いてくれた。それから急に立ち上がり、直人に「よろしくお願いします」とだけ言うと、振り向きもせずに去って行こうとした。

直人は思わず、平田を呼び止めた。

「平田、まだ話は終わっていないぞ。そんなに急いでどこへ行くんだ。戻って来いよ。もう一軒、もう一軒飲みに行こうよ」

その瞬間、直人は目が覚めた。そして平田にこう叫んでいた。

「平田、本当にありがとう。次の世界でまた会おう！」

第二部　介護編

序章　余命宣告

現在の洋子の体重は六十五キログラムと、川崎に戻って在宅介護を始めた時の三十八キログラムから二十七キログラムも増え、血液検査でもほとんど健常者と変わらない状態にまで回復した。

しかし、身体の固縮は以前とは比較にならないほど酷《ひど》くなり、四肢を自分で動かすこともできなくなった。毎日の四回（朝・昼・夕・就寝前）のオムツ交換の時は、四肢のマッサージやストレッチを行わないと処置ができなくなった。自分で寝返りを打つこともできず、両手の指は固く握り締めており、足の指もいつも力を入れ曲がったままである。

さらに、声を出すことが全くできなくなってしまった。脳の前頭葉が萎縮して、認知機能はほとんどなくなってしまったようだ。

直人は、長崎の道の駅精神科病院に入院した頃に洋子ができていたことが、今は全くできなくなってしまったことに、改めて『進行性』という意味がどういうことなのかを理解することができた。

入院した当初、洋子はちゃんと話もできて、しっかり意思表示もしていた。フロア内に設置されていた電話ボックスに入って、何度も親しい友人に助けを求めていたそうだ。

「もしもし、マリちゃん？　洋子です。私は主人から強制的に精神病院に入院させられているの。早く警察に連絡してここから出してくれない？」

直人はその友人からこのことを聞いて、最初は冗談じゃないかと思ったが、同じようなことを他の友人からも聞かされ、それが冗談ではなく本当の話だったとわかった。

そのうちに直人が病院から自宅のアパートに帰ると、すぐに洋子から「早く病院から出して！」と何度も電話が来るようになった。しかしながら、この頃は話の内容はともかく、少なくとも洋子はそれなりに自分なりの意思表示ができていた。

直人は洋子を車椅子に乗せてフロアを移動している時に、よくこんなことを頼まれた。

「お昼のおやつの饅頭《まんじゅう》は、『黒あん』より『白あん』の方がいい。それから早くチャンポンやステーキが食べたい」

直人は洋子が好きな薄皮の「やぶれ饅頭」を三時のおやつに持って行ったが、これは石橋電停のそばの前山饅頭屋で買ったものであった。ただし、直人が出かける朝六時にはこの店はまだ開いていないため、いつも前日の病院からの帰りに買って、固くならないようにラップで包み、翌日の朝それを病院に持って行っていた。

しかし、洋子はそれから半年もしないうちに飲み込みが悪くなり、流動食以外は食べることができなくなった。声も出なくなってしまった。

直人は毎日道の駅病院で、朝九時から夕方五時過ぎまで洋子に付き添った。朝・昼・夕の三食の介助と薬の投与、車椅子でのトイレ介助、それに車椅子体操と散歩、歩行訓練、口腔《こうくう》ケアとマッサージなど、できることはすべて行った。

もちろん、それらは看護師、理学療法士、作業療法士、歯科衛生士がやってくれたが、それは週三回でたった一時間足らずのことであった。直人ができなかったのはお風呂の介助だけであった。

直人は、いずれ在宅介護でやらなければならなくなる日が来ることをこの時覚悟していたのである。こうした介助が現在の川崎での在宅介護に大いに役立っている。

直人は洋子が東西病院に検査入院した時に、主治医の浅井次郎に今後のことを尋ねたことがある。

「先生、家内の病気は精密検査の結果、『パーキンソン病』ではなく『進行性核上性麻痺《まひ》』ということが判明しました。この病気に効く薬もないということもお聞きしました。そこで一つ質問ですが、家内の余命は一体どれくらいなんでしょうか?」

浅井は腕組みをして、慎重に言葉を選びながら答えた。

「ご主人、今から申し上げることはあくまでも一般的な話ですので、そのつもりでお聞きください。『進行性核上性麻痺』は、発症してから五~七年が平均余命期間と考えられています。もちろん年齢や個人差などもあり、多少の違いはあると思います。それに、おそらく患者さんは誤嚥性《ごえんせい》肺炎で亡くなるケースがほとんどだろうと思います。喉の筋肉の萎縮で痰《たん》や唾液を誤嚥することが原因です。

どこの病院でも看護師の人手不足で、二十四時間患者さんを看ることなどできない状況ですので、在宅介護が可能であれば、その方が誤嚥性肺炎のリスクは抑えられると思いますよ」

直人はこの話を聞いて、入院よりも在宅介護の方が平均余命期間は延びるんだとわかった。余命期間を長くするためにも、在宅介護の仕事を一日も早く覚えておかなくてはならないと考えたのである。

川崎に戻ってきて桜田門病院に行った時に、主治医の杉山三郎からも余命に関して同じようなことを聞いた。

ところが、それから三年が経ち、杉山は今回検査入院した洋子を見て、その回復ぶりに驚いているようだった。それは洋子の体重が元に戻り、最初の外来の時とは別人のような顔になっていたからであろう。直人はもう一度彼に質問をしてみた。

「先生、家内は体重も回復し、血液検査でもタンパク質の値が正常値の範囲に入りました。顔色や機嫌もあの頃と比べると相当良くなっています。難病を発症してからもう八年経ちました。長崎の東西病院の先生にも『余命期間は発症してから五～七年』と言われましたが、その七年をもう過ぎました。家内にはこれからどんなことが待ち受けているんでしょうか？　これからの余命期間は、どれくらいあるんでしょうか?」

杉山は困ったような顔をして直人に言った。

「ご主人、奥様に次に起きる症状は、おそらく『呼吸不全』です。筋肉の萎縮が進みますので呼吸筋の機能が低下するためです。人工呼吸器を付けるかどうかの判断をする時期はそんなに遠くはないと思います。人工呼吸器を付ければ生き続けることはできますが、一旦取り付ければ、その後自力で呼吸することはできなくなりますので、それを取り外すことはできません。この選択をどうするのか、難しい判断を迫られることになると思います。ご本人にその判断能力がありませんから、それはご主人が判断しなければなりません」

「そうですか。わかりました。在宅介護の中でできる限り誤嚥性肺炎を起こさないように注意していますが、人工呼吸器を付けるかどうかの判断は、なかなか自分一人だけでは決められないと思います。これから家族で話し合ってみようと思います」

直人は人工呼吸器を付けるかどうかは、自分が判断するしかないと内々覚悟は決めていた。おそらくそれを子どもたちに相談したとしても、『お父さんに一任する』という答えが返ってくることが十分予想されたためである。

直人は洋子がまだ元気だった頃に、こんなことを言っていたのを思い出した。

「私は食事ができないようになったら、もう死んだ方がましだわ。胃に穴を開けてまで生き続けるなんて嫌だわ。直人、よく覚えていてね。これが私の希望だからね」

これは洋子が二十年以上も前に言ったことであり、認知機能がなくなった洋子が今どう考えているのかは全くわからない。しかしながら、長崎の道の駅病院に入院していた時の洋子と川崎で在宅介護している今の洋子では、明らかに違っていることがある。以前は「もう死なせて、お願い」と訴えているような苦しい表情をしていたが、今は「もっと生きていたい」と言っているような穏やかな表情に見えてならないのだ。

直人は洋子が今どう考えているかに関わりなく、在宅介護を続ける決心をした。直人は桜田門病院の杉山主治医に言われたことに、こう返事した。

「先生、どうしても人工呼吸器を付けなければならない時が来た場合には、それを付けることに同意します。ただし、その場合でも在宅介護は続けるつもりです」

杉山は直人に言った。

「山本さんのご意向は、よくわかりました」

第一章　ロザリオ

令和四年（二〇二二年）八月十日の午後三時頃に、直人の携帯電話が鳴った。

「はい、山本です」

「山本さんですか？　お久しぶりです、長崎の道の駅病院の事務局の小田です。ご無沙汰しております。お元気でしたか？　奥様もお変わりありませんか？」

「ああ、小田さんですか。お久しぶりです。その節は大変お世話になりました。こちらは二人とも変わりありませんよ。珍しいですね、どうしたんですか？」

「実は悲しいお知らせなんです。奥様と病室が一緒で、いつもリハビリ室に二人揃って行かれていた高野さんが亡くなられました。奥様が川崎に戻られてからリハビリの友達がいなくなったせいか、その後急に症状が悪化して寝たきりになり、嚥下《えんげ》機能も低下して、誤嚥性肺炎で一昨日の深夜に亡くなられました。まだ四十三歳とお若いのに本当に残念でした。

　高野さんはご存じの通り、奥様と同じ『進行性核上性麻痺』を患っておられました。発症してから僅か五年で人生の幕を下ろされてしまいました。ご家族の方々が初めて病院に来られ、高野さんのご家族がこんなに大勢いらっしゃったことに驚きました。明日がお通夜で明後日が告別式です。

ところで、昨日高野さんの病室を片づけていたところ、引き出しの奥に大事に仕舞っておられた、箱に入った『ロザリオ』（聖母マリアへの祈りを捧げる際に用いる数珠状の祈りの用具）を見つけましてね。その箱の中に『山本洋子さんへ』と書かれた封書が一緒に入っていました。これはおそらく高野さんが奥様にあげようとされていたんじゃないかと思い、連絡させていただきました」

「ええ？　そうなんですか。確かに二人はよく一緒にリハビリ室に行って自転車漕《こ》ぎをしていましたよね。それを見ていた年配の男性患者さんたちに、『美人姉妹だね』と冷やかされていたのを昨日のことのように覚えていますよ。

高野さんは好きな自転車漕ぎが終わると、いつも何かを思い出すのか、すぐに『家に帰りたい、家に帰りたい』とリハビリが終わるまで大きな声で周りの人たちに訴えていましたよね。

ある日、家内がそんな彼女の手に何かを握らせたんです。それは、家内が高校生の時に年末・年始のアルバイトで諏訪神社の巫女《みこ》さんをしていた際に、お礼にもらった白い御守りだったんです。それを見ると高野さんは少し落ち着いたのか、家内に微笑《ほほえ》んでいました。その『ロザリオ』は、その御守りを家内にもらったお返しだったのかもしれませんね。

二人がそんなに親しく話していたという記憶はありませんが、私が付き添いを終えて帰った後に、病室でよく話していたんですかねえ？」

「そうだと思いますよ。二人は仲が良かったと聞いています。そういうことで、この『ロザリオ』を奥様にお送りしたいんですが、よろしいでしょうか？」

「もちろんいいですよ。ところで、高野さんはクリスチャンだったんですか？　家内が通った高校はカトリック系の長崎純心高校だったんですが、その時に洗礼を受けてクリスチャンにしてもらったようです。クリスチャンネームは確か『ダイアナ』と言っていました。高野さんもクリスチャンだったんですかね？」

「そうです。彼女も高校は奥様と同じ長崎純心高校だったと聞いています。クリスチャンネームは『ダイアン』と言っておられました。たぶん洗礼は小さい頃に受けられたんじゃないかと思われます」

「そうですか。高野さんも同じ長崎純心高校だったんですね。『ダイアン』という名前は、『ダイアナ』に由来した女の子どもの名前だと聞いたことがあります。それもまた奇遇ですね。そんなことは家内から一言も聞いたこともありませんでしたよ。わかりました。家内が目を開けた時にでも、その『ロザリオ』を見せてみますよ」

「ありがとうございます。それでは明日お送りします。東京はまだまだ新型コロナウイルスの感染が収まりませんね。山本さんも奥様の在宅介護でお忙しいと思いますが、くれぐれもお身体には注意してくださいね」

その翌々日、大きな『ロザリオ』が届いた。

洋子が目を開けた時にそれを見せたら、手の指が少し動いた。洋子はその『ロザリオ』を見て何か思い出したのかもしれない。洋子は母親を南山手の病院に見舞いに行った帰りに、よく大浦天主堂の前の礼拝堂に立ち寄っていた。その時、洋子が礼拝堂の中で『ロザリオ』をしっかり握り締めてお祈りしていたのを直人は覚えている。

直人はその夜、高野さんのことを思い出していた。直人が道の駅病院で洋子に付き添って介護した三年間、高野さんには一度も家族の面会はなかった。精神科の病院に面会に行くことは、たとえ家族であっても躊躇されたのかもしれない。それとも面会に行くと彼女が「連れて帰って」と大声で訴えるからだったのかもしれない。

彼女は最初の頃は、よく五階のフロアをひとりで散歩していた。ところが、よく立ち止まっては急に後ろ向きに後ずさりしているのを直人はよく見かけた。それもこの病気の特徴だと後に植木先生に聞いて驚いた。

その頃はまだまだ彼女も元気だった。彼女がリハビリ室で何度も「家に帰りたい、家に帰りたい」と訴えていたあの悲痛な叫び声が、今も直人の耳から離れない。

高野さんは結婚していたのか、子どもさんや兄弟姉妹はいたのか、ご両親は健在だったのか、その当時、直人は全く知る由もなかった。彼女は洋子と同じ病気に罹り、病院で寝たきりになって誤嚥性肺炎で亡くなったのである。やはり病院で看護師がずっと付き添うことなどできなかったのだろう。もし家族の誰かが在宅で介護することができたなら、もう少し長く生きられたのではないかと考えると、直人は非常に残念で、思わず涙が溢れ出した。

直人は在宅介護がいかに大きな心の安らぎを患者に与えるのかを改めて認識した。在宅介護がいろんな事情でできず、そのためにいかに多くの患者さんたちが人知れず病院で亡くなっているかということも思い知った。

しかしながら、入院中の誤嚥性肺炎によって患者さんが早く天国に逝って苦痛がなくなり、家族は長い間背負って来た重い荷物をやっと下ろすことができるのであれば、それに越したことはないのかもしれない。

第二章　胃瘻《いろう》交換

「胃瘻」とは、胃に直接栄養や薬を投与するための小さな穴のことである。

直人は父親が脳梗塞で寝たきりになった時に、この「胃瘻」を造設していたこともあり、「胃瘻」はそもそも延命措置だと認識していた。

洋子は長崎の道の駅病院に入院してから、嚥下機能が急速に低下して食事ができなくなり、体重が六十五キログラムから三十八キログラムへとほぼ半減してしまった。主治医の植木から「胃瘻」の造設を強く勧められ、直人は川崎に戻ってからの在宅介護のことも考え「胃瘻」の造設を承諾した。

ところが、「胃瘻」の器具は半年ごとに新しいものに交換する必要がある。直人は川崎に戻って半年が経ったことから、胃瘻交換手術の予約を取るために桜田門病院に行った。洋子の主治医は脳神経内科の杉山先生だが、胃瘻交換手術は内科の本間京子先生という女医が担当することになった。

直人は一時間近く待たされて、やっと診察室に呼ばれた。

「山本さん、第三診察室にお入りください」

「失礼します」

「あれ、一人？　奥さんは？」

「家内は寝たきりで、コロナ禍でもあり、今日は私一人で参りました」

「ああそう、まあいいわ。それで今日はどのようなことで来られたの？」

「家内の胃瘻交換手術をしていただこうと思い、その予約を取りに参りました」

「今回が初めての交換？　どこの病院で造設したの？　造設してからどれくらい経ちました？」

「はい。長崎の希望ヶ丘病院で昨年十一月に造設しましたので、そろそろ半年になります」

直人は、この若い女医の話し方や相手の目を見ずにパソコンばかり見て話す態度に、何か自分とは波長が合わない医者だなと思った。それは単に若いからという理由だけではなく、患者の家族に対する友達のような乱暴な話し方に何か違和感を持ったからであった。最近はこんなタイプの医者が増えているのかなあと残念に思った。

すると、彼女はとても医者とは思えないようなことを言い出した。

「私は忙しいからなかなか時間が取れないのよ。どうしようかな。いつ来れる？　来週の金曜日の午前中なら空いているわね。来週の金曜日の十時にここに来れる？」

「はい、大丈夫です」

「それじゃあ、来週の金曜日の十時に一階入り口の横の救急処置室に来て。当日は薬だけは少量のお白湯で飲ませていいから。朝の栄養投与はしないでね。十一時過ぎから交換手術をします。何か質問は？」

「手術の時間はどれくらいかかりますか？」

「一時間くらいかな」

「わかりました。それではよろしくお願いします」

直人は思った。

「彼女は医者になるくらいだから頭はいいんだろうが、人間としてはあまり尊敬できるようなタイプの医者ではないなあ」と。


そして、胃瘻交換手術の当日を迎えた。処置室に行くと数人の看護師が忙しく動き回っていたが、直人が洋子の首が傾かないように支えながら車椅子を押して処置室に入って行っても誰も声をかけることもなく、直人たちは完全に無視されていた。

「あの、胃瘻交換の手術を受けに来たんですが。家内の名前は山本洋子と申します。担当は内科の本間先生です」

直人にそう言われた看護師は、面倒臭そうに答えた。

「わかりました。今急患で忙しいから、あっちの待合室でちょっと待っていてください。先生に連絡してみます」

三十分経っても先生は来なかった。直人は痺《しび》れを切らして先ほどの看護師に尋ねた。

「もう三十分以上待っているんですが、家内は寝たきりなんで、これ以上時間がかかるのであれば、処置室のベッドに寝かせてもらえませんか？」

「ここのベッドはこれから急患が搬送されて来ますのでダメです。もう少し待っていてください」

とうとう執刀医の本間は、最後まで処置室には来なかった。直人は洋子を車椅子に乗せたまま、地下のレントゲン室に連れて行った。付き添って来てくれた看護師は、エレベータの中で直人たちに親切に声をかけてくれた。

「ご主人も大変ですね。もう長いんですか？　あまり無理をされないようにしてくださいね」

この病院にはこんなまともな看護師もいるんだと、直人は少し安心することができた。

結局、手術はしてくれたものの、執刀医の本間は直人に最後まで顔を見せなかった。神経内科の主治医も来なかった。やっぱり、この病院の先生たちは何か普通ではなかった。

それから半年後、二回目の胃瘻交換手術の日が到来した。直人は前回と同じように手術の予約にこの病院を訪れた。すると、前回担当してくれた本間先生は長期休暇に入っているということで、代わりに中年の藤田雅人という男性医師が担当してくれた。

彼は本間と違って腰が低く、直人は彼とは波長が合った。彼は手術の前後にちゃんと直人たちに挨拶に来てくれた。これが患者と医師の本来のあるべき姿であろうと直人は思った。

それからまた半年が経ち、三回目の胃瘻の交換時期が到来した。

今度はまたあの本間女医が担当してくれたが、相変わらずの無愛想な態度であった。

「今回も前回と同じです。来週の金曜日の十時に処置室に来てください。栄養投与は早めに済ませてください。朝の薬も同じです」

「ええ？　先生、前回は『栄養投与はせずに薬だけ少量のお白湯で飲ませてから来てください』と言われましたけど」

「それは藤田先生が言ったんでしょう。私はそんなことは言っていませんよ。何か勘違いしていませんか？」

直人はそんなことで彼女と争うつもりは毛頭なく、早く交換手術を終わらせたかったので、それ以上彼女を追及しなかったが、彼女に対する怒りはなかなか収まらなかった。そんな中、彼女の次の言葉に再び怒りが込み上げてきた。

「胃瘻の造設後の交換手術は、内視鏡による手術ではなくレントゲンで中の様子を見ながらできるので、今日は三十分くらいで終わります。全身麻酔もかける必要はありませんから、患者に負担をかけることもありません」

「先生、家内の胃瘻交換は今回が三回目ですよ。前の二回とも全身麻酔をかけて内視鏡による手術でしたよね。あれは間違っていたということですか？」

彼女は「余計なことを言ってしまった」というような顔をして直人に弁解した。

「そうじゃないの。どちらで手術するかは医師のその時の判断なんです」

彼女は自分の間違いを認めようとはしなかった。

直人は思った。

「医師と患者の関係はいつもこんなもんなんだ。知識のない患者や家族はこうして医師にいいように言いくるめられ、それでも反論できない弱い立場なんだ」と。


直人の一番上の姉も、長崎の病院で同じような扱いを受けたそうだ。姉は手に蕁麻疹《じんましん》のようなものが出来て、検査入院のため精密検査を受けたその日に脳溢血で亡くなった。何でも血圧が少し高かったため、血液をサラサラにする薬を投与されたようだ。しかし、それによって脳の血管が破裂して、手が付けられないほどの状態になったそうである。姉の夫は延命措置を断ったということだった。

病院の担当医師と看護師長は、姉の夫に誤診ではなかったと様々な言い訳をしたらしい。しかしながら、彼らが病気に関して何の知識もない素人を、自分たちに都合の良いように言いくるめることはそんなに難しいことではないはずである。

医者と患者や患者の家族との関係は、いつになっても対等な立場になることはない。

第三章　クラスター発生

直人は令和四年（二〇二二年）三月八日（火）午後二時に、いつものように川崎市が行っている母子家庭の子どもたちを集めて勉強を教えたり、近くの公園で一緒に遊んだりする週二回のボランティア活動に出かけた。武蔵小杉のボランティア会場に着いたのは午後三時少し前であった。

机や椅子を並べたり、コロナ感染予防のアクリル板の設置作業などを行い、活動が始まる午後四時少し前にはすべての準備を終えた。

その時、ボランティアに参加している児童の母親から電話が入った。女性職員のリーダーの太田がその電話を受けた。

「もしもし、前田ヒロキの母ですが、実はヒロキが昨夜遅く四十度近くの高熱を出して、今朝病院で診察を受けたところ、コロナに感染していることが判明しました。今日から十日間、自宅療養しますので、今月いっぱいお休みさせてください。よろしくお願いします」

太田はヒロキ君がコロナの陽性と聞いて少し驚いている様子だったが、何もなかったかのような平然とした顔で直人にこう言った。

「山本さん、今日、ヒロキ君はお休みだそうです。今月いっぱいお休みされるそうです」

直人はヒロキがこれまで活動を一日も休んでいなかったことから、なぜ春休みでもないのに一か月も休むのか不思議に思った。しかしながら、太田にそのことを追及すると、また何を言われるかわからないのでそれ以上は聞かなかった。彼女もこの件に関してそれ以上話そうとはしなかった。

それから四日後の土曜日の朝、ボランティア事業を川崎市から請け負っている『あすなろ園』の女性職員から、直人の携帯に連絡が入った。

「もしもし、山本さんの携帯電話ですか？　いつもボランティア活動にご協力いただきありがとうございます。私は『あすなろ園』の山下と申します。朝早くから申し訳ありません。ちょっとつかぬことをお伺いしますが、山本さんは最近体調に何か変化はありませんか？　実は先ほどボランティアの方からコロナに感染したと連絡があったんです。その方は三月八日のボランティア活動に参加していただいた方なんですが、山本さんもその日は参加されていましたよね？　そこで、現在その日の活動に参加されていたボランティアの方々に、体調に変化がないかお聞きしているところなんです」

「ええ？　そうなんですか？　それは大変ですね。私は今のところ何ともありませんが、確かあの日は児童が五、六名参加していたと思います。その児童たちは大丈夫なんでしょうか？

ちなみに職員の方も四名いたはずですが、その方々も大丈夫なんでしょうか？」

「職員も児童も全員大丈夫でした」

「ああ、そうですか、それは良かった。ということは、コロナに罹ったボランティアの方は市中感染したんですかねえ?」

ところが、直人はこの日のお昼頃から少し喉に違和感を覚え始めた。これは花粉症かなあと思ったが、しばらくすると今度は少し熱っぽくなってきた。

体温を測ったところ、直人は平熱が三十六度前後なのに三十七度もあった。花粉症で熱が出るはずはない。直人はこの時「もしかしてコロナに感染したのではないか」と疑い始めた。

急いで他に感染者がいないかをもう一度確認しようと『あすなろ園』に電話を入れたが、今日は休園なのか電話は繋がらなかった。仕方なく折り返し電話を欲しいという留守電を残した。

それから六時間後の夜の七時過ぎに、富田という『あすなろ園』の男性職員から折り返しの電話がかかってきた。

「もしもし、私は『あすなろ園』の富田と申しますが、山本さんの携帯でしょうか?」

「そうです、山本です。至急折り返してほしいと留守電を入れておいたんですが、もう六時間以上も経っていますすよ」

「申し訳ありません。今日は土曜日なので職員は全員休みなんです。私は別の用事があってたまたま園に来たので、山本さんの留守番電話に気付いて電話をさせていただきました」

「ああ、そうなんですか。今朝『あすなろ園』から電話がありましたので、てっきり皆さん今日は出勤されているのだと勘違いしていました。こちらこそ大変失礼しました。

ところで、教えていただきたいことが一つあるんですが。実は今朝早くそちらの女性職員の方から『体調はいつもと変わりありませんか?』というお電話をいただいたんです。何でも三月八日の子ども支援事業活動に参加していたボランティアの一人から、コロナに感染したという連絡があって、その日に参加していた児童、ボランティア、職員の全員に体調に変化はないか確認をしているということでした。その時は『いつもと何も変わりはありません』とお答えしたんですが、その後、喉の痛みと微熱が出て、『もしかしたらコロナに感染しているんじゃないか』と思い、三月八日の参加者の中で他に陽性者が出ていないか確認しようと思ってお電話したんです。

うちには基礎疾患も抱えた、難病で寝たきりの家内がいますので、万が一、私が感染しているとすれば大変なことになる可能性があります。家内の命に関わることですから急を要すると思い、至急折り返しの電話が欲しいと留守番電話を入れさせていただきました。富田さん、本当のところはどうなんですか?」

富田は電話の向こうで何か躊躇《ためら》っているようにしばらく沈黙していた。それから申し訳なさそうにこう言ってきた。

「山本さん、誠に申し訳ありませんでした。正直に申し上げますと、今朝山本さんにお電話した時点で、三月八日に参加していた児童が二名と職員が一名感染していたことがわかっていたんです。別に隠すつもりは毛頭なかったんですが、あまり大騒ぎしてもかえって皆さんの不安を助長するだけだと考えたんです。本当に申し訳ありませんでした。

さらに重ね重ね申し訳ありませんが、たった今、二人の職員からコロナに感染したという報告がありました。したがって現時点で三月八日の参加者のうち、児童一名、職員三名、ボランティア一名、合計五名の陽性者が出ていることになります。もし、山本さんが陽性なら六名ということになります」

「やっぱりそうでしたか。休日の朝一番でボランティアの私に体調の確認の電話をして来られるということは、何かあったんじゃないかと思っていました。わかりました。いずれにしても、私が陽性かどうかを確認することが先決なので、家内の訪問診療の主治医の先生に至急連絡してPCR検査をしてもらいます。夜分遅くにありがとうございました」

「いやいや、こちらこそ申し訳ありませんでした。検査結果がわかったら教えてください」

翌日、直人と洋子は二人ともPCR検査を受けた。その結果、直人だけが陽性で、洋子は陰性であることが判明した。直人は洋子が感染していないことがわかり、とりあえず胸を撫《な》で下ろした。基礎疾患がある洋子が感染すれば、ただでは済まないからである。

しかしながら、ここから直人と洋子は、予想もしないようなとんでもない事態に追い込まれることになったのである。

まず、コロナの陽性者である直人が陰性者の洋子を二十四時間在宅介護することが、どれだけ大変なことか思い知らされた。主治医の大林先生は直人にこう言った。

「山本さん、病院や施設では陰性の看護師が陽性の患者を看護することはありますが、その逆のケースはほとんどありません。おそらく奥様があなたから感染するのは時間の問題だと思います。お二人に奇跡が起こることを祈っていますよ」

それから直人は十日間外出禁止、濃厚接触者である洋子も八日間の隔離が必要となり、洋子が受けている訪問診療、訪問看護、訪問入浴、訪問リハビリ等のすべてのサービスがストップした。したがって陽性者の直人は通常の在宅介護に加えて、ストップしたこれらのサービスまで行わなければならなくなったのである。

陽性者の直人の方が防護服と三重にしたマスクを装着して陰性者の洋子の介護を行い、間違ってもコロナを移さないようにしなければならない。そして感染を完全に防ぐためには、このクラスターの発生原因を突き止めてその対策を講じなければならなかった。

これは、本来事業を受託運営している『あすなろ園』が行うべきことであり、ボランティアの直人が関わるようなことではなかったが、これまでの同園の対応を見ている限り、責任を持って対応してくれるとはとても考えられなかった。

直人はまず、洋子の胃瘻投与に使っていた牛乳と豆乳が、あと何日分あるかを確認してみた。ラコールという本来の胃瘻の医療食品の在庫は一か月以上確保していたので、こちらは問題はなかったが、一緒に投与している牛乳と豆乳はあと二日分しか残っていなかった。

直人は急いでこれらを買い出しにストアに行った。マスクは三重にして、それだけを一週間分購入して短時間で家に戻ってきたが、自分の食料を買うのを忘れていたことに帰宅してから気が付いた。しかし、家にあった即席麺などで食い繋ぐことができるので、特に問題はなかった。

それよりももっと重大な問題は、なぜクラスターが発生したのかという原因を突き止め、それを明確にすることにより、これから十日間の隔離された在宅介護の中で、洋子に感染させない対策を講ずることであった。

そのために直人は現時点での最新情報を、『あすなろ園』の富田に包み隠さず教えてくれるように強く要請した。この時点では富田も直人にすべての情報を連絡することを約束してくれたものの、事の重大さに一係員の富田には荷が重たかったのだろう。そのうち上からの指示なのか、追加情報の連絡は一切来なくなった。直人はどうすれば『あすなろ園』の上層部が、この危機的な状況をちゃんと認識して迅速に対応してくれるかを考え始めた。

直人は在宅介護でどんな感染予防が最も効果的なのかを突き止めるため、三月八日に一体何が起きたのか、なぜクラスターが発生したのかを解明しようと、富田をなだめすかして真実を聞き出そうとした。その際、あとでそれが記録として残るように、富田とのやり取りはすべてメールで行った。途中で彼からのメールが来なくなった時もあったが、それはおそらく園内でも大騒ぎになっているからではないかと直人は思った。

それでも直人は彼に対する追及の手を緩めることはなかった。なぜならば、まずこの事実を正確に把握しなければ、その後の対策が的外れになるためだ。直人は銀行時代にも、何度もこうした難題に直面した際、それを解決するためにはまず自ら動いて事実がどうなっているかを確かめることから始めた。

そして三月八日に何があったのかという事実と、それがなぜクラスターに繋がって行ったのか、その全貌が次第に明らかになってきた。

まず、三月八日に子ども支援活動に参加していたのは児童六名、職員四名、ボランティア二名の総勢十二名であった。このうち、その直後にコロナの陽性が判明したのが、児童一名、職員三名、ボランティア二名の合計六名である。その後も感染者が続出し、最終的な感染者の人数はボランティアの家族を含めて十名に上った。

厚生労働省が公表している「クラスター」の定義によれば、

『クラスターとは同一の場所において、五人以上の感染者の接触歴が明らかとなっている集団感染をいう』とされており、今回の集団感染が「クラスター」であることは誰も否定することのできない事実であった。直人は聴取したすべての情報をもう一度整理してみて三つの疑問を持った。

第一の疑問は、なぜ今回の新型コロナウイルスは、様々な感染予防対策をすり抜けたんだろうということであった。つまり、会場に入室する際には全員が「検温」を行い、三十七・五度以上でコロナ感染が疑われる者は入室できないことになっている。そして検温の結果、三十七・五度以上の者は一人もいなかったわけである。コロナウイルスは、なぜこの第一関門をいともたやすくすり抜けたのだろう。

第二の疑問は、児童・職員・ボランティア全員がマスクを着用し、少なくとも三十分に一回は手洗いや消毒をこまめに実施していたのに、なぜコロナウイルスはこれらの対策まですり抜けることができたのだろうかということである。

そして第三の疑問が最大の謎である。それは参加者は全部で十二名いたが、そのうちコロナに感染した者は半分の六名で、残りの六名はなぜかコロナに感染しなかったという謎である。

直人は当日の活動状況を詳細に調べてみた。そしてこれらの疑問を解く糸口を見出した。最初の感染者が「検温」をすり抜けていたという疑問は、発生源となる最初の感染者を探し出せば自《おの》ずと解決されるはずであった。

クラスターがこの会場で起きたことは明らかな事実であり、市中感染によるものではない。そうすると、この会場にコロナウイルスを持ち込んだ者、すなわち、クラスターの発生源となる最初の感染者がいるはずである。

そこで過去に遡って何か起きていなかったか調べてみた。すると、二人の児童が二週間前に体調を崩して学校を休んでいたという重大な事実が判明した。この二人は「ヒロキ」と「ユウト」で、二人は仲良しでいつも一緒にこの会場を走り回っていた。

ところが、そのうちの一人の「ヒロキ」は、当日コロナ感染が判明したため活動には参加していないのである。つまり「ヒロキ」はクラスターの発生源ではない。ということは、コロナウイルスを会場に持ち込んだのは「ヒロキ」と仲良しの「ユウト」である可能性が極めて高い。彼はおそらく子ども特有のコロナの無症状感染者だったのではないか。「検温」をすり抜けてしまったのは、それが原因だったのだろう。

これでコロナの発生源は特定された。しかし職員四名のうち一人だけが感染していなかったという事実を、どう考えたらいいのだろう。さらに児童のうち、「ユウト」以外の五名はコロナに感染していないのはなぜかという、さらに大きな疑問が残る。

この二つの疑問を解決するためには、当日の参加者の行動を詳細に調べる必要があった。直人はその日の記憶を思い出しながら、彼ら全員からその日の行動を詳細に聴き出した。感染しなかった唯一の職員は、他の三人の職員と異なる行動をしていたに違いない。

直人は感染しなかった女性職員に、その日の活動状況を詳しく聞いてみた。すると、彼女は直人にこう言ったのである。

「山本さん、私はいつも夕方六時になるとモモちゃんを家まで送り届けています。当日も一時間以上会場にいませんでした」

直人はこれを聞いて、彼女がなぜ感染を免れたのかがわかった。つまり、彼女だけが会場を一時間以上離れていたことが感染した職員との大きな違いであった。おそらくそれによって会場内に充満していたコロナウイルスのエアロゾル（浮遊している飛沫《ひまつ》）を、体内に多く取り込まずに済んだのではないか。このエアロゾルをどれだけ多く体内に取り込んだのか、その量がある限度を超えれば感染するのではないか。

ところが直人のこの推理は、論理矛盾に陥ったのである。なぜならば、児童五人はずっとこの会場にいたにもかかわらず、コロナに感染していなかったからである。そこで直人はもう一度頭の中を整理してみた。

「コロナウイルスに感染して実際に高熱や喉の痛みなどを発症するのは、コロナウイルスのエアロゾルをどれだけ多く体内に取り込んだのか、つまりそれが一定量を超えた場合に感染するのではないか」

その時、直人は当日「ユウト」と一時間以上『ブロックゲーム』をして一緒に遊んでいたことを思い出した。このゲームは四人でブロックをそれぞれ順番にはめ込んで行き、手持ちのブロックが早くなくなった者が勝者になるゲームである。

このブロックゲームをする時には、四人がブロックをはめ込むプレートを真ん中に置き、それを囲んで順番に行うわけである。したがって、感染予防のアクリル板がゲームの邪魔になるため取り外していた。

ブロックゲームに参加していたのは、「ユウト」「直人」と、コロナに感染した「二人の職員」であり、この四人は全員がコロナに感染していたのである。これで「感染源」と「感染経路」が明らかになった。

これらの事実を総合的に判断すると、今回のクラスター発生の全貌が明らかになった。直人は思わず「そうだ。これが原因だ」と叫んだ。

すなわち、「今回のクラスターの発生は、コロナの無症状感染者であった感染源のユウトが、直人と職員二人と一時間以上にわたって感染予防のアクリル板を取り外して接近してブロックゲームをして遊んでいたことによるエアロゾル集団感染である」ということである。

このことから、今回のクラスターを発生させたエアロゾル感染を予防するための決め手は、第一に「換気」ということになる。直人はこの結論を踏まえ、十日間の隔離生活の中で最も大事な感染予防対策は「換気」であると結論付けた。

そこで直人は三月上旬のまだ肌寒い中、すべての窓を開け放つというとんでもない予防対策をとった。寝るときにも暖房を入れて窓を空けっ放しにした。その対策が奏功して、洋子が感染することはなかったのである。

訪問診療の大林先生は、驚いて直人にこう言った。

「山本さん、コロナの陽性者であるあなたが、奥様を二十四時間在宅介護して奥様にコロナを移さなかったなんて、とても常識では考えられないことだわ。あなたは一体全体どんな対策をして十日間を過ごしていたの？」
これで「感染源」と「感染経路」及びそれらを踏まえた「感染予防対策」すべてが明らかになった。そしてその「感染予防対策」が、間違いなく効果を発揮したことも証明されたのである。

しかしながら、これからの母子家庭の子ども支援活動において、こうしたクラスターを二度と発生させないように、「再発防止対策」が『あすなろ園』で真剣に検討されることはなかったのである。当該事業の運営者である『あすなろ園』とそれを委託した『行政機関』の、「事なかれ主義」や「隠蔽体質」が、これらの組織改革の絶好のチャンスを逃してしまったのである。

そこで直人は関係者に警鐘を鳴らすため、この重要な「換気」対策を至急行うように関係者全員に書面で訴えた。その中には、会場となっていた市営団地の高齢男性の代表者も含まれていた。

彼は子どもたちの騒音のため住民からの苦情を何度も受けていた。彼が騒音を防止するためあすなろ園の職員に「窓を閉め切ってほしい」と要請していたことも、感染に拍車をかけた可能性があった。彼は万が一会場でクラスターが発生すれば、高齢者の住民が感染しかねないことを一番危惧したのであろう。

彼はこうした事情を十分理解した上で、高齢者住民を守るためにも川崎市に業務用の大きな換気扇を会場に設置するように強力に要請したが、役所の担当者は「予算がない」として難色を示したそうだ。役所は「子どもや高齢者の命よりも予算の方が大事」であるとでも考えているのだろうか。

事業運営の当事者である『あすなろ園』も、目を覆いたくなるような無責任極まる対応に終始し、抜本的な対策を怠ったのである。

そして、本来であればそれを指導管理しなければならない川崎市も、一緒になって「事なかれ主義」に走ってしまったのである。

両者が川崎市民に向けて開示した内容が、そのことを如実に物語っている。「クラスターの発生」という重要な事実が、どこにも記載されることなく隠蔽されてしまったのである。これでは再発予防対策が真剣に検討されるはずはない。

【あすなろ園の情報開示】
「職員・児童・ボランティアが複数名コロナウイルス陽性であることが判明しました。感染された方には一日も早いご回復をお祈りいたします。今後の開催につきましては安心してご利用いただけるよう一層の感染予防対策を検討の上、取り組んでまいります」

【川崎市の情報開示】

「児童及び従事者において新型コロナウイルスの陽性者が複数発生していることについては、当該事業の受託事業者からの報告により、本市でも状況を把握しております。今後についても、受託事業者及び関係機関と連携して、事業の安定した実施と充実に向けて取り組んでまいります」


両者とも第二、第三のクラスターが発生した時にどんな言い訳をするのだろうか。今回の教訓を踏まえて真剣に対策を打たなかった「不作為」によって、将来とんでもない代償を払わされることに誰も気付いていないのだろうか。非常に残念で情けないことである。

こうした「不作為」の罪は重く、将来その犠牲となるのは「児童・高齢者・障害者」などの社会的弱者である。行政機関はこうした社会的弱者のことを、もっと真剣に考えるべきではなかろうか。

ちなみに川崎市長は、ホームページで自らのスローガンをこう謳《うた》っている。

『こども・高齢者・障害者が安全・安心して暮らせる川崎市を目指す！』

これが単なるお題目に終わってしまうことのないように川崎市民として祈るばかりである。

第四章　特別障害者手当

令和四年（二〇二二年）八月二日に、川崎市宮前区役所の高齢・障害課の障害者支援係から、洋子宛に一通の封書が届いた。開封すると、毎年この時期に実施されている「所得状況届・現況届について」と題する書類が入っていた。

そこにはこんなことが記載されていた。

「あなたの受給している特別障害者手当につきましては、受給資格者本人、配偶者及び扶養義務者の方の前年の所得状況により支給を制限することになっております。つきましては、受給資格者本人、配偶者及び扶養義務者の方の現況及び所得状況について、次により福祉事務所へ届出をお願いいたします」

一、届出期間　令和四年八月十二日〜令和四年九月十二日

二、集中受付時間　令和四年八月十二日　午前九時〜午後四時

　場所　宮前区役所四階第二・三会議室

三、ご持参いただくもの

・マイナンバーの確認に必要な書類

・受給資格者本人が令和三年一月から十二月までの間に支給を受けた公的年金額等が記載されている書類

まず、この書面を読んだ第一印象は、「これは本当に障害者に対する通知なのだろうか」ということであった。具体的には、

「……特別障害者手当の支給を制限することになっております」という文章である。区役所に「特別障害者手当を制限する」権限があるのだろうか？　これは障害者に対して極めて失礼な言い方ではないか。ちなみに厚生労働省のホームページでは、特別障害者手当に関して次のように公開されている。

「精神又は身体に著しく重度の障害を有し、日常生活において常時特別な介護を必要とする特別障害者に対して、重度の障害のため必要となる精神的、物質的な特別の負担の軽減の一助として手当を支給することにより、特別障害者の福祉の向上を図ることを目的としている」

つまり、特別障害者手当は国が支給しているものであり、区役所はその事務を担っているだけで、区役所にそれを制限する権限などない。したがって本来は、

「……支給が制限されることがあります」と記載されなければならないはずである。

さらに「福祉事務所へ届出をお願いします」と書面に記載しておきながら、届出書がどこにも入っていないのである。

極め付きは、最後に「ご持参いただくもの」と、来所を前提としていることである。届出を

福祉事務所に提出してほしいと依頼しながら、日にちと時間を指定して区役所の最上階の四階にある会議室に障害者を呼びつけているのである。さらに障害者のことを第一に考えているならば、会場を区役所の最上階にするのではなく一階に設けるべきではないのか。相手は障害者なのである。

再度、川崎市長のスローガンを掲載する。

『こども・高齢者・障害者が安全・安心して暮らせる川崎市を目指す！』

直人は「これは本当に障害者支援係から障害者に対して出された書面なのだろうか？」と大きな疑問を抱かざるを得なかった。これでは「障害者支援係」ではなく「障害者妨害係」ではないのか。

自分が区役所の職員であれば、これを次のように修正するだろう。

①「あなたの受給している」↓「あなたが受給されている」

②「支給を制限することになっております」↓「支給が制限されることがあります」

③「届出をお願いします」↓「来所をお願いします」（そもそも来所を前提にしている）

④「マイナンバーの確認に必要な書類」↓「マイナンバーカードもしくはその通知書」

⑤「公的年金額等が記載されている書類」↓「不要」（マイナンバーカード所持者は役所で収入が把握できるはずである）

当日、直人は会場の受付の女性職員に、

「私は在宅介護をしており、あまり長い時間留守にできないので、何とか早めに手続きをお願いできませんか?」とお願いした。しかし彼女から、

「整理券を引いてください。順番に呼びますから座って会議室で待っていてください」と言われ、全員待たされている会議室で一時間以上も待たされた。

やっと自分の順番（二十五番）になったので、立ち上がって呼び出された第三ブースに行こうとしたところ、先ほどの女性職員に、

「こちらに来てください」と言われ、誰もいない第二会議室に連れて行かれた。

その会議室で、彼女は直人にこう指示してきた。

「この書類にマイナンバーカードの番号を書いてください」

直人が書き終わると彼女は、

「はい、これで終わりです」と直人に告げ立ち去ろうとしたので、直人は彼女に質問した。

「マイナンバーカードを持っている人の収入は役所で把握できるはずですよね。なぜコロナ禍でわざわざ来所しなければならないのか、障害者を呼び出さなければならない根拠を教えてほしい」

すると彼女は、

「自分では答えられないので上司から連絡します」と直人に約束した。

しかし、上司から電話連絡があったのは、それから二週間も後であった。

彼は直人にこう言った。

「電話で説明してもわからないので、まずは根拠条文を送ります。それが届いた後に電話で説明します」

その後、その書類がなかなか届かなかったので、直人は彼に電話を入れ、資料はいつ送ったのか尋ねたところ、一昨日送ったとの返事であった。

直人は彼に不信感を持ち、

「それでは今日中に届かない場合は、明日の午前中にあなたが直接うちまで届けてください」

と釘《くぎ》を刺した。

案の定、その日には届かなかったので、翌日の午前中に郵便箱を確認したところ、その資料が入っていた。おそらく彼が持参して投函《とうかん》したのであろう。彼が一昨日郵送したというのはでまかせだった可能性が高い。

直人は彼の不誠実な対応に、今後またこんな対応をされては困ると考え、証拠を残すため書面による質問状を作成し、書留・速達郵便でそれを役所に送った。しかしながら、質問状に対して彼は全く適切な説明をせず、自らの保身を繰り返すばかりであった。

直人が質問したのは、マイナンバーカードを所持している場合、特別障害者手当の更新手続きに際しては、役所がその収入状況等を把握できるのに、なぜ役所に呼びつけるのか、その根拠を教えてほしいということであった。

つまり、マイナンバーカードを所持している人の収入は役所で把握でき、障害者がわざわざ区役所に出向く必要はない。したがって呼びつけることができるというのであれば、他に理由があるはずであり、その根拠条文を示してほしいと頼んだのである。

現に直人は過去にこの障害者支援係に、役所がマイナンバーを使って収入状況等の情報の検索をしても構わないという同意書を提出していたからだ。

直人が役所に期待していたのは、

「山本さんのおっしゃる通り、厚生労働省の事務連絡で障害者の事情に十分配慮して、マイナンバーカードをお持ちの場合は役所で前年度の収入がわかりますので、次回からは来ていただく必要はありません。こちらの間違いでした。次回から通知書にその旨を記載するようにしますから」という回答であったのだ。

自分たちの間違いを認めようとしないばかりか、自分たちの対応は正しかったんだと詭弁《きべん》を弄する役所に、直人の堪忍袋の緒が切れたわけである。

ちなみに直人の質問状に対する役所の説明は次の通り全く事実に反するデタラメなものであった。（役所の説明→本当の事実）

・一番数の多い「特別児童扶養手当」については、第四会議室から第二会議室に移動いただき対応させていただきました。↓申請者全員が第四会議室の入り口で整理券を引き、当該会議室で待たされた。入り口で「特別児童扶養手当」の申請者かどうかは確認していなかった。

・第二会議室ブースが空いており、第四会議室ブースが埋まっているときには、「特別児童扶養手当」以外のお客様についても第二会議室にご案内しておりました。↓第二会議室にはブースの設営はなく、かつ誰一人その会議室にはいなかった。第四会議室の三つのブースは常時埋まっており、二十数名の申請者は全員が第四会議室で待たされていた。直人の整理券は二十五番であり、三つのブースで一人十五分ほどかかっていたので、直人の順番が来るのに一時間ほどかかったわけである。

・当日、第四会議室のブースが埋まっていたのですが、第二会議室のブースが空いておりましたので、少しでも早く対応するために第二会議室にお移りいただき、受付を行ったものです。↓第二会議室のブースが空いていたのではなく、第二会議室は最初から使われていなかった。少しでも早く対応するのであれば、整理券を引いた時点で第二会議室に案内されて然《しか》るべきではないか。第四会議室で一時間以上待たされた上、順番が来た時点で誰もいない第二会議に連れて行かれた事実からも、役所の説明は明らかにおかしい。

・来所をお願いしたのは、ご住所・振込先金融機関等とともに、「施設、病院等への入所状況」

について確認させていただいております。三か月を超えて入所・入院がある場合には、支給要件に該当しなくなるため、確認をさせていただきました。↓直人はこうした質問を一切受けていない。ただマイナンバーカードの番号だけを書いてくださいと言われただけである。

直人は、何度質問してもなかなか誠実に対応してくれない役所の対応に怒りを覚え、何とかこんな役所の職員の怠慢を懲らしめるため、川崎市民オンブズマンに苦情を申し立てた。市民オンブズマンの担当者は直人の申し立てに理解を示してくれたものの、これから調査を始めるので問題を解決するまでには三、四か月を要するとのこと。なぜこんな簡単なことにこれほど長い時間がかかるのだろうか。企業人であった直人には到底理解できなかった。

しかしながら、直人が正式に市民オンブズマンに役所の怠慢への苦情を申し立てたことから、役所の職員もこれで少しは真剣に反省してくれるだろう。三、四か月後の役所の対応が楽しみである。

第五章　重度訪問介護

介護保険制度では、六十五歳以上の高齢者で介護を必要とする者は、その介護度合いに応じて介護保険サービスを毎月ある一定限度まで受けることができる。その費用は所得に応じて一〜三割が自己負担となる。

洋子は「要介護5」（介護がなければ生活が不可能で意思の疎通ができないほど重度）の認定を受けており、毎月のサービス利用限度は三万六二一七単位（一単位十円）である。もしもその限度を超えてしまうことがあれば、その超えた部分は全額自己負担となる。

洋子の場合は「訪問入浴」サービスを週四回受けていたこともあり、毎月の介護サービスの利用実績はすでに上限に張り付いていた。直人はケアマネージャーに追加で介護サービスを受ける方法がないか相談してみた。すると彼女はこんな提案をしてくれた。

「ご主人、『重度訪問介護』という制度がありますよ。これを使えば今の介護サービスとは別枠でサービスを利用することができます。ただし、この制度は区役所に申請して承認を受ける必要があります。でも、この申請にはケアマネージャーは関与できないことになっているんです。だからご主人が申請手続きをすべて行っていただくことになります」

直人は「ケアマネージャーがこの申請に関われない」ということには納得できなかったが、とにかく申請することが先決だと思い、三月二日の朝一番で宮前区役所の「障害支援係」を訪ねた。直人はこの制度を利用することにより、ある程度長い時間の外出が可能になるのではないかと考えていたからである。


（重度訪問介護）

「重度訪問介護とは、重度の肢体不自由者であって常時介護を要する障害者につき、居宅における入浴、排泄《はいせつ》又は食事の介護その他厚生労働省令で定める便宜及び外出時における移動中の介護を総合的に供与することをいう」


直人は区役所の担当者にこの申請書をもらって、その場ですぐ書き込み提出した。すると担当者はこんなことを言い出した。

「山本さん、この申請には医師の診断書を添付する必要があるんです。それがないと審査にかけられません。審査会は毎月一回開催されますが、それに先立ち事前にその申請書を審査委員に見てもらう必要があります。今月の審査会は三月二十八日ですが、この日に諮るためには三月五日までに審査委員に申請書の写しを送って事前に見てもらっておく必要があります。だからこの申請書を今月の審査会にかけるのは無理なんです。早くても来月の審査会に諮ることになります」

「ちょっと待ってください。私は急いでいるんです。医師の診断書は今日中にもらってきますので、今月の審査会に諮ってもらえませんか。お願いしますよ。

ところで、三月二十八日の審査会にかけるために、なぜ三週間以上も前の三月五日までに審査委員に申請書類を送る必要があるんですか？　私にはどうしてもそれが理解できません。審査会で申請書の内容を検討するんでしょう？　審査委員に事前に送って見てもらうこと自体は、効率的に審査会を運用するという点で理解できるんですが、なぜそれが三週間以上も前なんでしょうか？」

「審査委員の先生たちは忙しいんですよ。だから三週間以上前にお送りして、事前に見ておいてもらう必要があるんです」

「なるほど、役所は『障害者』のことよりも『審査委員』の都合を優先させるということなんですね。そんなことで本当にいいんですか？　ところで、その審査委員の先生方は、一体何人いらっしゃるんですか？」

「審査委員の先生方は二人です」

「ええ？　たった二人なんですか。それでこの重度訪問介護の申請は、年間どれくらいあるんですか？」

「年間五、六件です」

「じゃあ、月に一件あるかないかじゃありませんか。申請書類を三週間以上も前に審査委員に送って、事前に見ておいてもらう必要なんかないんじゃないですか？　審査会当日に検討するだけで十分じゃないんですか？」

「いやいや、この方式はもう何十年も前から行っている規則なので、それを今さら変えることはできないんです」

「役所が作った運用規則が実情に合わないのであれば、役所がそれを変更することは当然でしょう。なぜそのおかしな規則に縛られる必要があるんですか？　あなた方が得意としている『前例踏襲主義』を続ける限り、いつまで経っても何も良くなりませんよ。なぜこんな不合理なやり方を変えようとしないんですか？　あなた方は一体誰のために仕事をしているんですか？　まさか審査委員のためじゃないですよね。あなた方は区民のために仕事をしているんでしょう？」

　結局、彼らは従来のやり方を変えることには強く抵抗し、なかなかそれを変えようとはしなかった。そして次の問題が起きた。

　直人は医師の診断書を直接主治医のところに行って書いてもらった。それをその足で「障害者支援係」に提出した。これでやっと申請書類は受理され、今月の審査会に諮られることになった。

ところが、直人は審査会が開催された三月二十八日の夕方に、承認されたかどうかを担当者に確認して驚いた。担当者はなんと直人に何の連絡もせずに、昨日から長期休暇に入ったとのことであった。直人は「承認が下りたらすぐに重度訪問介護ができる事業者を探してほしい」とその担当者に依頼していたので、こんな対応に怒りを抑え切れなかった。

そこで、審査会は十八時から開催されるとのことであったので、担当者の上司に今日の審査会の結果を聞いてみた。直人は審査会で承認が下りたら連絡してほしいと上司にお願いしたところ、今度は審査会の結果は二日後でなければわからないと説明を受けた。

「いや、こちらは急いでいるんです。担当者は長期休暇のようだから、承認が確認できたら私が重度訪問介護を行っている業者を探してすぐにでも契約したいんです。そもそも審査会は一体どこで開催されるんですか？　なぜその結果が二日後じゃないとわからないんですか？」

「審査会はこの区役所の四階の会議室で開催されます。私も事務局の一員として今日の審査会に出席します」

「出席するのであれば、審査会が終わればすぐにその結果はわかるでしょう。とにかく、終わったらすぐに電話を下さい」

と言って直人は電話を切った。

十九時過ぎに上司から承認されたとの連絡があった。直人は急いで川崎市で重度訪問介護を実施している業者をネットで調べて、二十二社あることがわかりすぐに全社に連絡してみた。

まずはじめに、宮前訪問介護事業所に電話した。

「もしもし、宮崎台に住んでいる山本直人と申します。ネットで調べたんですが、おたくは重度訪問介護をやっていますよね。うちの家内は身体障害者一級で、長く寝たきりの状態で要介護5です。明日からでも重度訪問介護をお願いしたいんですが……」

「ご主人、申し訳ありませんが、うちは人手不足で重度訪問介護は現在やっていないんです。他を当たっていただけませんか？」

結局、二十二社全部に照会してみたが、ほとんどがこの「人手不足」を理由に対応できないとの返事であった。直人は思った。

「重度訪問介護という素晴らしい制度がありながら、現実には機能していないんだ。その理由は『人手不足』や『介護士の高齢化』と説明されているが、おそらく本当の理由は重度障害者の訪問介護は事業者にはリスクが極めて高く、その介護報酬が通常よりも安いということにあるのだろう。それをどのようにして機能させるかが行政の本来の役割ではないのか」と。

せっかくいい制度を作ってもそれに魂を入れない国の無責任な対応と、現場でそうした矛盾を誰よりもわかっていながらそれを解決しようとしない役所の不作為が、障害者やその家族にとんでもない犠牲を強いているのである。いつになったら障害者が安心して暮らせる世の中になるんだろう。やはりこの国の行政は何か思い違いをしているのではないだろうか。

第六章　介護者休養入院制度（レスパイト入院）

レスパイト（respite）とは「休息」「息抜き」という意味で、「レスパイト入院」とは在宅介護を担っている家族が日々の介護に疲れ介護ができなくなることを予防するため、介護されている患者を一時的に入院させる制度である。

「レスパイト入院」は、介護者の休養制度という意味では介護施設での「ショートステイ」と共通するところもあるが、「ショートステイ」は介護認定を受けている利用者を対象としているのに対して、「レスパイト入院」は在宅療養をしている患者を対象とした制度であり、そもそも「ショートステイ」の利用が困難な患者を対象としている制度である。

つまり、対象者が医療的なケアを常時必要としている場合は、「ショートステイ」ではなく「レスパイト入院」になるのである。

直人は令和四年（二〇二二年）五月二十八日に、長崎の相生町の貸家を売却するため一泊二日の強行軍で帰崎した。

この時はまだ「レスパイト入院」制度のことなど知る由もなかった。そこで洋子の在宅での介護を次男夫婦に頼んだ。介護内容を詳細に作成し、かつ事前に何回か介護を一緒にしながらそのやり方を次男に教えた。一泊二日ということもあり、特に問題は起きなかった。

ところが、同年の七月十一日に義姉との裁判に出廷することになり、再び帰崎することになった。また、この機会を利用して、大学や地元の銀行などで活躍していた友人を訪ねた。

余談であるが、直人は第二の職場となった教育財団の事務局長の時に、全国の大学や銀行に財団の会員になってもらおうと勧誘に訪れたことがある。新横浜銀行、新静岡銀行をはじめ、九州では新福岡銀行、新肥後銀行、長崎では八十銀行や和親銀行にも勧誘に訪れた。

八十銀行では、長崎大学の同期の篠沢一郎が財務担当の専務取締役で活躍していたこともあり、財団の会員になってくれた。

直人は以前から、地方銀行は一県に一銀行に集約して効率化を図らなければ早晩立ち行かなくなるということを、地方銀行の経営幹部たちに訴えてきた。したがって、そのためには「持ち株会社の設立」や「経営統合の方法」などを事前によく検討しておくことが必要だということを説明して回った。要は財団の会員を増やすため、丸の内銀行で経験したことを講演して回っていたわけである。

レスパイト入院の話に戻すと、直人は訪問診療の先生に「前回の検査からもう六年になるので、そろそろもう一度検査を受けて病状の変化を確認し、薬の内容も含め今後の療養を見直してはどうか」とアドバイスを受けたことから、長崎に帰るこの機会に桜田門病院の杉山主治医に任意のレスパイト入院をお願いした。

直人は前もって在宅介護の内容を書面にして担当看護師に託したが、思った通り病院ではなかなか在宅介護のようなきめ細かな対応はできなかったようだ。

まず、口腔ケアは歯科衛生士がいないことを理由に対応できなかった。

また、摘便（指で便を掻《か》き出すこと）は全くやってもらえなかった。これはおそらく看護師の人手不足が原因なのであろう。その代わりに強い便秘薬が使われていた。

リハビリも一週間と短い入院であったため、これもできなかったようだ。

直人は今後の裁判で意見陳述のため帰崎しなければならないこともあり得ることから、訪問看護師に短期入院できるような公的な制度が何かないか尋ねてみた。すると彼女は川崎市の「レスパイト入院」制度のことを直人に教えてくれた。

これを受けて直人は翌日、この窓口になっている川崎市健康福祉局に連絡してみた。

川崎市では、この「レスパイト入院」のことを、「あんしん見守り一時入院」と称していた。ホームページでは、この「レスパイト入院」制度が次のように説明されていた。

「『あんしん見守り一時入院』は、在宅酸素療法、経管栄養法、人工呼吸又は気管内・口腔内吸引法など医療依存度が高い在宅療養中の高齢者等が、家庭において療養を続けることが困難となった場合に病院を利用することにより在宅での療養継続を支援することを目的としている」

直人は川崎市の担当者に、この「あんしん見守り一時入院」制度を利用したいとお願いした。するると、担当の女性はこんなことを言い出した。

「山本さん、『あんしん見守り一時入院』は、いろんな手続きが必要でかなり面倒なんですよ。それよりも一般の短期入院をかかりつけの病院にお願いした方が手っ取り早いですよ」

直人はこれからのことを考え、事前にこの制度が利用できるようにしておきたかったのであるが、彼女はこの制度をあまり利用してほしくないような口調であった。彼女は続けて直人に説明した。

「さらにこの制度は、受け入れる当番の病院が三か月ごとに変わりますよ。先日検査入院された桜田門病院は、来年の三月が次の当番となっています。だから一般の短期入院を他の病院に依頼されたらどうですか。それに桜田門病院はこの制度を利用する場合、すべて個室対応となりますので費用負担も大きいですよ」

「ええ？　そうなんですか。先日の検査入院の時は大部屋にしてもらったんで、個室の差額ベッド代はかからなかったんですが……」

「個室にするかどうかは各病院の判断なんです。病院経営も最近はコロナの影響もあり、相当厳しくなっているようですからね」

直人はまたしても医療行政の不条理を痛感した。

「〝医は仁術〟と言われるのに、このような患者を軽視した病院第一主義の経営を許していいんだろうか？　困っている患者やその家族に、さらに経済的な負担を強いるような医療行政はどこかおかしいんじゃないか。患者は若い時には一生懸命働いて、その地域に貢献してきたはずである。

『レスパイト入院』の場合はすべて個室対応で、差額ベッド代を徴収するような病院は『レスパイト入院などするな！』と言っているようなものである。収入のある富裕層じゃないと利用できないような制度は何かおかしいんじゃないか。こうした不条理を正していくのが、本来の行政の役割ではないのか」

第七章　検査入院

令和四年（二〇二二年）七月十一日、洋子は六年ぶりに検査入院することになった。

前回は長崎の道の駅病院に入院していた時に、洋子のパーキンソン病の症状の悪化があまりにも早いことから主治医に精密検査を勧められて、道の駅病院から長崎東西病院に三か月間転院して精密検査を受けた。その結果、洋子の病気は『パーキンソン病』ではなく『進行性核上性麻痺』であることがわかった。


『パーキンソン病』

パーキンソン病は脳の指令を伝えるドパミンと呼ばれる物質が減少することにより、体を動かしにくくなったり、震えたりするなど運動に関わる症状が出る病気である。


『進行性核上性麻痺』

進行性核上性麻痺はパーキンソン病と同様、中高年で発症し、パーキンソン病と類似した症状が進行する病気である。この疾患では中脳が萎縮し、タウ蛋白《たんぱく》という異常なタンパク質が蓄積することにより発症する。中脳は上下方向の眼球運動や歩行、姿勢保持に重要な役割を果たしており、核上性麻痺とは、中脳が障害されることによる特徴的な眼球運動障害が起きることからこう名付けられた。

『パーキンソン病』の発症原因は、神経伝達物質の減少である。一方、『進行性核上性麻痺』は、中脳が萎縮してそこに異常なタンパク質が蓄積されるために発症する病気である。

どちらも突然変異による病気であるが、『パーキンソン病』では神経伝達物質であるドパミンを補ってやれば症状が改善するのに対して、『進行性核上性麻痺』はアルツハイマー型認知症のように脳が萎縮することが原因であった。

長崎の東西病院の浅井医師は、「『進行性核上性麻痺』は治療法もそれに効く薬も今のところありません」と言っていた。ただし彼は、症状が改善された症例の報告があるとして、パーキンソン病の薬にドネペジルという認知症の薬を加えて投与する方法を勧めてくれた。

直人はその方法以外に効果のある投薬方法はないという彼の話を聞いて、その方法に同意した。

しかしながら、このドネペジルという薬は認知症の「鬱《うつ》」の状態を「躁《そう》」の状態にして元気にする薬であり、長期間飲み続けることは危険であると言われていた。

ところが、洋子はこのドネペジルを量は少ないが、もう六年以上も飲み続けているのである。

直人は二年前に訪問診療の大林先生に薬を見直す必要があるのではないかと質問してみたが、彼女は当面今の投薬を変える必要はないんじゃないかと言って、直人の提案には同意しなかった。彼女は今問題なければ見直す必要はないという考えであった。

直人はその時、なぜドネペジルという薬を飲み続けている危険性をそれ以上追及しなかったのか覚えていなかったが、新日本調剤の薬剤師の山田という責任者にこんな質問をしたことがある。

「山田さん、今のところ『進行性核上性麻痺』に効く薬はないと聞いています。それなのに家内は当初『パーキンソン病』と言われていた時の薬を六年以上も飲み続けているんです。これで本当に問題はないのでしょうか？　副作用が心配なんです。

訪問診療の大林先生から、『進行性核上性麻痺』もパーキンソン病と同じ症状があるからいいんですと言われたんですが、どうしても納得できないんです。『パーキンソン病』の薬は神経伝達物質を補う薬ですよね。それがどうして『進行性核上性麻痺』の原因となっている中脳の萎縮に効くんですかね？」

彼は「薬剤師は主治医の処方箋に基づいて調剤しているだけなので、よくわかりません」と言って、あえて自分の意見は差し控えたが、最後に「私もご主人のおっしゃることはよくわかります」とだけ付け加えた。

直人は今回の検査入院で、こうした疑問も解決されるのではないかと考えていたが、皆さん忙しいのか、直人には検査結果の報告は一切なかった。主治医の先生、ケアマネージャー、訪問看護の事業所には主治医から報告書が提出されていたようだ。直人はそれを大林先生に見せてもらって驚いた。

六年前の最初の精密検査では、脳の血流検査・心臓の交感神経検査・脳内を画像化するダットスキャン検査・X線を使って脳の断面を撮影する頭部CT検査・中脳萎縮検査の、全部で五つの検査が実施されたが、今回の検査は血液検査と腎臓・肝臓の検査だけで、脳の検査は全くなかったのである。これで直人が懸念していた投薬の調整はできるんだろうか。

直人は主治医の杉山医師に「すくみ足を改善して転倒を予防するドプスという薬は、寝たきりの洋子には必要がないのではないか」と訴えたところ、これだけは聞き入れてくれた。患者の家族が勉強して真剣にチェックしないと、病院ではそこまでやってくれないのだろうか。いずれにしても、難病の投薬管理がいかに難しいことであるかを痛感した。

直人は前回の検査入院で中途半端に終わっていた「投薬調整」と「脳の検査」及び昨年の心電図検査で指摘された「心室性期外収縮」などの検査を全部やってもらおうと、訪問診療の先生と桜田門病院の主治医に再度お願いしたところ、個室入院を条件に検査入院を了解してもらった。

直人は入院手続きを行おうと病院の一階入り口の病床係を訪ねた。担当の女性職員は主治医から連絡があったようで、すぐに入院手続きの書類一式を揃えてくれた。彼女は入院前日の午前中に電話で最終確認の連絡をすると直人に伝えた。

直人が個室の差額ベッド料金を彼女に確認したところ、彼女はこう答えた。

「個室料金は一泊二万七五〇〇円です」

「いや、一番安い個室でいいんです」

「これが一番安い料金です。一番高いのは五万円以上しますよ」

一泊二万七五〇〇円で一週間検査入院すれば、二十万円近くの差額ベッド代を支払わなければならないことになる。これは一か月で六万の国民年金の四か月分である。直人は主治医にコロナ禍だから基礎疾患のある洋子は個室がいいと言われて、やむを得ないかと渋々了解はしていたが、一番安い個室で一泊二万七五〇〇円と聞いて、さすがにこの金額は払えないと思い、彼女に差額ベッド代がかからない「大部屋」を希望した。

直人は帰宅してから、

「そもそも病院の個室は患者がプライバシーを保ちたいとかシャワー・テレビなどの利便性を目的に、あくまでも患者がその対価を自ら負担して希望するものであり、病院が患者に個室を指定することはどう考えてもおかしい」と、いつもの反骨精神が沸々と湧いてきた。

直人は日本の医療行政がどうなっているのかインターネットで調べてみた。そこにはこう説明されていた。

「日本の医療は、公的な医療保険（健康保険）で運営されている。病院や診療所で受ける治療や検査、手術のほとんどすべてに健康保険が適用されており、病院に入院した際にかかる室料も健康保険の対象である。患者が希望すればプライバシーが保てる個室に入院できるが、その場合は健康保険が適用される入院基本料のほかに特別料金が上乗せされる。これがいわゆる『差額ベッド代』であるが、これは本来の治療や検査などに必要なものではない。個室を利用するかどうかは個人の事情によるものであり、当然健康保険は適用されず、かかった差額ベッド代は全額自己負担になる」

【厚生労働省の事務連絡】～平成二十八年六月二十四日　保医発０６２４第3号～

特別の療養環境の提供は、患者への十分な情報提供を行い、患者の自由な選択と同意に基づいて行われる必要があり、患者の意に反して特別療養環境室に入院させられることのないようにしなければならない。

○患者に特別療養環境室に係る特別の料金を求めてはならない場合としては、具体的には以下の例が挙げられる。

①同意書による同意の確認を行っていない場合

②患者本人の「治療上の必要」により特別療養環境室へ入院させる場合
（例）・救急患者、術後患者等であって、病状が重篤なため安静を必要とする者、又は常時監視を要し、適時適切な看護及び介助を必要とする者
・免疫力が低下し、感染症に罹患するおそれのある患者　等
③病棟管理の必要性等から特別療養環境室に入院させた場合であって、実質的に患者の選択によらない場合
○患者が事実上特別の負担なしでは入院できないような運営を行う保険医療機関については、患者の受診の機会が妨げられるおそれがあり、保険医療機関の性格から当を得ないものと認められるので、保険医療機関の指定又は更新による再指定に当たっては、十分な改善がなされた上で、これを行う等の措置も考慮する。

つまり、個室を利用するかどうかは、あくまでも患者自身の希望によるもので、その選択は患者に委ねられているわけである。厚生労働省の事務連絡では、患者側との差額ベッド代の徴収に係るトラブルを防止するために、病院側に対して差額ベッド代を徴収してはならない三つのケースが具体的に明示されているのである。
①同意書で患者の同意を確認していない場合
②免疫力の低下、感染症に罹患する恐れ等の治療上の必要がある場合

③大部屋が満室である等の病棟管理の必要がある場合

そして、入院当日を迎えた。最終確認の電話では「入院当日はＰＣＲ検査を行うために九時に来るように」と言われていたので、自宅を八時半に出発し病院には八時五十分に着いた。ところが、ＰＣＲ検査は十時からだと言われ一時間も待つことになった。

この病院の連携の悪さはこれだけではなかった。ＰＣＲ検査室に向かうと、今度は検査職員にこう言われた。

「この検査室に入れるのは患者本人だけですから、ご主人は外で待っていてください」

「そうは言っても家内は身体を支えていないと車椅子に一人で座っていることができないんです。そう言うんだったら看護師さんに手伝ってもらえませんか？」

「看護師は忙しいのでそんなサポートをすることはできません」

「それでは家内が車椅子から転げ落ちて怪我でもしたら、誰が責任を取ってくれるんですか？」

さすがに検査職員は困り果てた様子で、担当部署に電話を入れて相談していたようだが、こんなケースはそもそも想定されていなかったのだろうか。結局、この検査室で三十分以上も待たされ、結局、直人が付き添ってＰＣＲ検査を受けた。

それからようやく先ほどの受付に戻って来た。そしてここでまた一悶着《ひともんちゃく》起きた。受付の職員は「病室は三〇二号室です」と言って、直人に個室入院の同意書を差し出した。

直人は、

「大部屋を希望したんですが……」と言うと、彼女はこう応えた。

「大部屋は満室なんです」

「それだったら、病院側の病棟管理上の問題なんだから同意書は必要ないでしょう？　厚生労働省の事務連絡に確かそう書いてありましたよ」

彼女は厚生労働省の事務連絡と聞いて「これはまずい」というような顔をして上司に相談に行こうとしたが、直人は早く洋子をベッドに寝かしてやりたいと思い、彼女にこう言った。

「寝たきりの家内はもう二時間以上も車椅子に座っているんです。先に病室に連れて行きたいんですが。その後にまたこちらに戻って来ますから」

ようやく三〇二号室に案内された。そこは一泊二万七五〇〇円の個室であった。直人はその後受付に戻ったが、個室入院の同意書にサインすることは最後まで拒んだ。なぜなら事務連絡には「同意書がない場合は個室料は徴収できない」となっていたからである。

こうしたトラブルが杉山主治医に報告されたのか、その夜に彼から直人の携帯に連絡が入った。

「山本さん、たまたまナースステーションの近くの大部屋が空きましたので、明日そちらに転床します。しかし一日分は個室の差額ベッド代が発生しますのでご了解ください」

「私は最初から大部屋を希望していたんですが。一日とは言え同意書にはサインしませんよ」

主治医は直人に畳みかけるようにこう言ってきた。

「山本さん、うちの病院が気に入らないのであれば、他の病院に行ってもらっていいんですよ」

売り言葉に買い言葉で、直人はこう切り返した。

「日本の病院は社会保険や税金で成り立っている、患者の命に関わる極めて公共性の高い事業を行っているんじゃないんですか？　だから病院の事業を行うためには、事前に所管官庁である厚生労働省の認可が必要なんでしょう。私たちは健康保険料や税金をちゃんと払っています。私たちには受診する権利があります。あなたが他の病院に行けと言うのは筋違いではありませんか？」

「それは病院と患者の信頼関係があってのことでしょう。あなたのような横柄な態度では、とてもこの信頼関係は成立しません」

「私は横柄な態度など取っていません。ただ、立場が弱いと考え最初から泣き寝入りされている他の患者さんのように、病院側の言うことを何の疑いもなく受け入れることができないだけなんです。病院側は弱い立場にある患者さんたちに、もっと丁寧に正しい情報を提供すべきではないんですか？」

主治医は困った様子であったが、直人はどうしてもこんな不誠実な病院側の対応は許せなかった。

直人は検査入院の予約をお願いに行った際に、主治医に、①大部屋はコロナ感染リスクが大きい、②基礎疾患があり免疫力が低下している、③胃瘻、吸引、オムツ交換等の際のプライバシーの問題、を理由に個室入院を強く勧められた。これは明らかに厚生労働省の事務連絡に違反した行為と言わざるを得ない。

洋子のような社会的な弱者に対して、正確な情報を伝えずに差額ベッド代を徴収しようとする行為は事務連絡違反であるとともに、人の道にも反する卑劣な行為ではないのか。

日本の保険医療機関は、社会保険料や税金で運用されている公共性の高い事業を行っているはずである。今後、行政機関はこうした不誠実な病院をしっかりと監視する必要があろう。一日も早く〝患者が主役〟の医療行政が求められる。

終章　訪問歯科治療

直人は桜田門病院の検査入院の結果として、杉山主治医から次の四点の説明を受けた。
①薬剤調整→不測の事態に備えて今回の入院では一剤ずつしか中止できなかった。
②心臓エコー検査→特に異常はなく心収縮は良好だった。
③頭部画像検査→頭部ＣＴ検査の結果、前頭葉の萎縮は前回よりも進んでいた。
④歯科受診→口腔内の清掃状態は良好だったが、明らかな虫歯が認められた。
直人が気になったのは四点目の歯科受診であった。これは在宅介護での口腔ケアで、奥歯が少し黒ずんできたことから歯科受診を希望して認められたものであった。

洋子は長崎の道の駅病院に入院していた時に同病院の歯科を受診し、虫歯の治療をすべて済ませていた。ただ、同病院では寝たきりの患者に対する訪問歯科治療は行っておらず、受診するためには洋子を病室から別病棟にあった歯科診療室まで連れて行かなければならなかった。
家族が入院患者の移動を行うことは原則禁止されていたので、洋子を歯科診療室に運ぶのは看護師にお願いしなければならなかったが、看護師は人手不足でなかなかすぐには対応してくれなかった。

　直人は痺れを切らして直接歯科診療室の受付に予約を取りに行った。予約はすぐ取れたが、受付の担当者にこう言われた。

「山本さん、奥様は車椅子で連れて来られるんですよね？　病室の看護師に治療の際にサポートをしてもらう必要がありますので、看護師に一時間くらい治療室で待機してもらうようにお伝えください」

　直人は病室に戻って看護師長にその旨を伝えたところ、彼女はこんなことを言ってきた。

「ご主人、申し訳ありませんが、私たち看護師は毎日手一杯なんです。一時間も歯科治療室で待機することなどできません。どうしてもサポートが必要というのであれば、外部の訪問看護師にお願いしてもらえませんか。それに歯科受診の予約を勝手に取らないでください。予約は私たちがそれぞれの仕事の状況を確認した上で行いますから」

　この病院では看護師不足から、すべてのことが看護師の都合を確認しなければすぐには動けないようであった。直人は人手不足という大義名分による『看護師ファースト主義』に呆れ果ててこう返事した。

「わかりました。看護師さんたちも人手不足で大変でしょうから、私が家内を歯科診療室まで運びますよ。治療中の一時間のサポートも私がやります」

「そんなことはできません。何かあってもこちらで責任は負えませんよ」

「しかし、すでに車椅子への移乗や病棟内でのトイレ介助なども、主治医に許可をもらってやっていますよ」

こうして直人が車椅子で歯科診療室まで連れて行き、車椅子から治療台への移乗および治療中のサポートまで行うこととなった。

この当時、洋子はまだ胃瘻を造設していなかったことから、食事の後は直人が毎回口腔ケアを行っていた。この時の虫歯は奥歯一本だけであったが、三回ほど治療に通って無事に虫歯の治療は完了した。ただ、一度だけ洋子が先生の指を噛んで大騒ぎになったこともあった。


話を元に戻すと、それから胃瘻を造設し川崎に帰って在宅介護を始めてから、そろそろ三年になる。直人は「その間は口からは一切食べていないのに、なぜ虫歯になったんだろう」と疑問を持ち、主治医の杉山に聞いてみた。すると、彼はこう説明してくれた。

「ご主人、虫歯の原因は口の中で発生する『プラーク』（歯に付着した細菌が増殖したかたまり）が原因なんです。この中に潜む細菌（ミュータンス菌など）が作り出す酸によって歯が溶かされた状態になるのが虫歯なんです。奥さんのように口から物を食べていない人でも、口の中には細菌がたくさん発生しています。健常者の場合は食べたり飲んだりすることによってある程度この細菌が除去されますが、胃瘻患者の場合はそれができませんからね」

「そうですか、わかりました。ところで、今回の歯科受診で虫歯が見つかりましたが、なぜ入院中に治療をしてもらえなかったんですか。せっかく入院しているんですから、その間に治療してもらえれば助かったんですが……」

「総合病院の歯科は院内の患者に加え外来の患者も多いため、訪問診療などどこもやっていないと思いますよ。特に最近はコロナ禍で受診患者も相当制限されています。退院されてからどこかの訪問歯科診療に依頼してください」

直人は訪問診療の大林先生に、どこか訪問歯科を紹介してもらえないかと相談してみたが、彼女はケアマネージャーに頼んだらいいとつれない返事であった。

そこで、ケアマネージャーに頼んで訪問歯科診療をしている近くの歯科クリニックを紹介してもらった。一つの歯科クリニックに連絡したところ、訪問診療する歯科医は外部にお願いしているとのことで、来週にならなければ連絡が取れないということであった。

もう一つの歯科クリニックからは、根掘り葉掘り洋子の症状を聞かれた末に、口を開けないこと、コミュニケーションが図れないという理由で丁重に断られてしまった。

直人は思った。

「重度障害の在宅介護の患者は、そもそも歯科治療を受けることはできないのだろうか」と。

直人は困り果てた。洋子は痛いと言えないことから、ほうっておくとどんどん虫歯が悪化し、治療に時間がかかるのではないかと思い、できるだけ早く受診させたかったのである。

そんな時、直人は、リハビリに来てもらっている言語聴覚士から、ある歯科医に大変お世話になっているという話を思い出した。彼はこう話してくれた。

「ご主人、実は私は神奈川にいらっしゃる赤岩先生という凄く献身的な歯科医師に、いろいろと教えてもらっています。こちらで使ってもらっている優れものの痰を取るブラシ（「ファンファンブラシ」）も、その先生が考案したものなんです」

直人はすぐに彼にその先生に連絡してもらって、近くにいい歯科医の先生がいないか頼んでもらいたいとお願いした。すると彼は赤岩先生にすぐ連絡してくれ、近くの溝の口の近藤歯科医を紹介してくれた。直人は早速、近藤歯科クリニックに連絡を入れ、次の週の木曜日に来てもらうことになった。

当日、先生と看護師の二人で往診してくれた。直人はてっきり初回は虫歯を確認するだけであろうと思っていたが、先生はすぐに治療しましょうと言ってくれ、一時間以上もかけて二本の虫歯を完全に治療してくれた。

先生に、リハビリの言語聴覚士を通して赤岩歯科医から紹介してもらったことを伝えると、近藤医師は笑いながら、

「私も高齢なんですが、赤岩先生は私よりもかなり年上なのに、まだまだ私の倍以上も働いておられます。凄い先生で尊敬しています」

それを聞いて直人はこう思った。

「患者にちゃんと寄り添って、縁の下で患者やその家族たちを人知れず支えてくれている立派

な医者もいるんだ。日本の医療業界もまだまだ捨てたもんじゃないなあ」

こうした立派な先生たちが、困っている患者やその家族たちを救ってくれているんだ。と思うと、直人は何か久しぶりに気が晴れた。

第三部　郷愁編

序章　同窓会

令和四年（二〇二二年）五月二十八日（金）、長崎新地中華街の「江山楼」で、十二時からその同窓会は始まった。長崎市立南大浦小学校の第十八回生六年四組の同窓会である。

みんなは日本で初めて開催された「東京オリンピック」の翌年の昭和四十年（一九六五年）に、この小学校を卒業した。

会の冒頭で富山三朗（通称「富やん」）会長は、昨夜遅くまで同窓会の挨拶の準備をしていたと語った。彼は東京オリンピックのファンファーレの音楽を自分の携帯にダウンロードし、この音楽を流した直後に開会の挨拶を始めるという凝った演出を考えていた。ところが、当日何度スタートボタンを押してもその音楽が聞こえて来なかった（消音モードになっていたことが後でわかったそうだ）。会長の挨拶はスタートから躓《つまず》いてしまったが、まあこれもおっちょこちょいの富やんらしいと言えばその通りであった。

会長の挨拶に続いて、次期会長の最有力候補と言われていた中ノ瀬次男による「乾杯」の発声で同窓会の幕が上がった。六年四組の生徒総勢四十一名のうち、残念ながら松島俊博、池井雅和、姫山辰郎の三人は早々とそれぞれの人生の幕を下ろしていた。お三方のご冥福を心からお祈りする。

　この同窓会は、みんなが古希を迎えることもあり、帰崎する予定があった直人が企画したもので、ここに至るまでには直人の奮闘もあった。

　直人は母親から相続した相生町の老朽化した貸家を売却するため一泊二日で帰崎したが、せっかくだから同級生の富やんと会おうと思い彼に連絡してみたところ、この機会に三回目の同窓会を開催してはどうかと言われた。直人は幹事としてみんなに同窓会の開催を呼びかけ、最終的に十五名の参加者を募った。

　当日、直人は会場の入り口で参加者を出迎えたが、五十年を超える長い年月を経てみんな昔の面影がなくなっており、顔と名前が一致する者などほとんどいなかった。それらしい年格好の人たちが会場に来て、受付で「南大浦小学校の同窓会は何階ですか？」と従業員に尋ねているのを横で聞いて、初めてその人が同級生なんだとわかる始末であった。

　最初に会場に現れたのは、クリーニング屋の牧野吉朗と、現在は年金生活で趣味の水墨画を本格的に始めていた宮田高志の二人であった。彼らは同じ大浦の川上町に住んでいたことから、おそらく誘い合わせて来てくれたのだろう。

　直人は彼らを見て、これは同級生だろうと思ったが、果たして彼らが誰なのかなかなか確信が持てなかった。一人は宮田高志のようだなと思ったが、彼は先日の直人との電話で「俺は頭が禿《は》げて腹が出ている老人だからすぐわかるよ」と言っていたが、あまり似ていなかったため、直人はひょっとすると人違いかもしれないと声をかけるのを躊躇していた。

その時、もう一人の白髪で長身の男性が直人に声をかけてきた。

「お前は同級生だよな。誰やったかなあ？　マスクを外して顔を見せてみろ！」

直人がマスクを取ると彼が言った。

「直人じゃなかと、お前は直人やろう」

彼は自分の下の名前をちゃんと覚えてくれていたのである。みんな最初の挨拶を交わすたびに、「ところで、お前は誰だっけ？」と相手に名前を尋ねていた。

女性陣のうち最初に来てくれたのは、当時色が黒くて健康優良児と言われていた運動神経抜群の黒井美保と、八重歯が特徴的だった鳥巣艶子の二人だった。直人が前日に彼女たちに宴会の接待係をお願いしていたことから早く来てくれたのである。二人の綺麗どころは、乾杯が終わると直人に頼まれた通りみんなにお酌をして回ってくれた。

みんなはお酒が入るとすぐに昔にタイムスリップし、至るところで昔話に花を咲かせていた。五十年を超える長い空白の時間を埋めるのに、そんなに時間はかからなかった。

この六年四組の同窓会は、実は今回が三回目であった。最初の同窓会は小学校を卒業してから七年が経ち、みんなが成人式を迎えた年であった。お酒の解禁に合わせてこの年に一回目の同窓会が開催されたわけである。

その時の幹事が誰だったのか、どこで開催されたのか直人はもはや記憶になかったが、なぜかその時の二次会のことだけはよく覚えていた。

二次会は昔遊郭があったという花街、その当時は夜の繁華街となっていた丸山のパブ『ジャンボ』が会場となっていた。余談であるが、このパブが現在はカラオケボックスになっており、今回の同窓会でも偶然ここが二次会の会場となった。

二十歳になってすぐの同窓会で初めてお酒を飲んだ直人は、自分が飲める限界も知らずに当時若者の間で流行《はや》っていたジンライムやジントニックなどの強い酒をグイグイ飲み、途中で記憶がなくなってしまった。翌日、二次会で一緒にいた富やんと松島に、

「直人、お前は昨夜の二次会で黒井美保に『美保ちゃんオンリー』と言って、何度も彼女を口説いとったぞ。ちゃんと覚えとっとか？」と言われたが、直人には全くその記憶がなかった。

「二次会のことはほとんど記憶にないんだ。俺は本当にそんなことを言ったのか？」

二次会がお開きになって、直人は富やんと二人で美保を相生町の自宅まで送って行った。直人の記憶はどういうわけかその時に甦《よみがえ》り、その後のことは覚えているのである。それもそのはず、美保の家の玄関先にお父さんが仁王立ちして娘の帰りを待っていたのである。

美保のお父さんに二人はこっ酷く怒られ、一気に酔いが覚めてしまったのである。

「お前たちは今何時だと思っているんだ。もうとっくに十二時を過ぎているんだぞ。うちの大事な娘をこんな夜遅くまで連れ回しやがって、一体どういうつもりだ」

二人はただただ平身低頭して謝るしかなかった。

二回目の同窓会は、それから二十二年も経った、みんなが四十二歳の時に開催された。当時福岡の竹下電機産業ポンプ事業部の主任をしていた松島俊博が、会長の富やんに「今度ぜひとも同窓会をやろうよ」と懇願してきたのがきっかけになったそうだ。

ところが、彼はあれほど楽しみにしていた二回目の同窓会に参加することができなかった。彼は四十二歳という若さで人生の幕を下ろしてしまったのである。死因は過労による心不全、いわゆる「突然死」であった。

実は直人もまた、この時期は持病の不整脈が悪化し、主治医から入院して治療するように言われ、この二回目の同窓会には参加できなかった。四十二歳は男の本厄の年であった。松島はおそらく自分の死を予知していたのかもしれない。彼はその時、自分の病気と必死に闘っていたのかもしれない。

直人は彼の葬儀に参列することができなかったため、その半年後に長崎の彼の実家を訪ねた。未《いま》だに憔悴《しょうすい》していた彼の母親を見るのが本当に辛《つら》かった。自分の一人息子に先立たれた母親の心痛を、嫌というほど思い知らされた。

彼は三十四歳の時に、地元の銀行に勤めていた当時二十歳の奥さんと結婚した。それからまだ八年しか経っていなかった。直人は彼の一粒種の幼い男の子が、外で何もわからずに母親と遊んでいたのを見て、これからこの親子が歩んでいくことになる茨の道を思うと涙を堪え切れなかった。

実は直人は今回の同窓会の開催を、みんなにどのように連絡しようかと思い悩んだ。小学校の卒業アルバムには先生方の連絡先は記載されていたものの、生徒たちの住所や連絡先はどこにもなかったからである。

困り果てていた時に、以前開催された梅香崎中学校の同窓会の記念誌に連絡先があったことを思い出した。直人は長崎から川崎に戻るときに送った、まだ開けていなかった荷物の中からそれを見つけ出すと、小学校の六年四組の同級生とこの記念誌の連絡先をマッチングしてみた。ところが、そこに書かれていた固定電話に連絡してみたが、大半は「この電話は現在使われておりません」という自動音声が返ってきた。そこで仕方なく記載されていた住所に手紙を出すことにした。

直人は川崎での在宅介護中に、コロナで会えない子どもたちに洋子の介護の様子を伝えようと介護記録を作成したが、仕事人生も伝えようとその介護記録の前に銀行時代や第二の職場での話も入れ、「自分史」としてまとめた。これを同窓会の案内状と一緒に直人の近況報告としてレターパックに入れて投函した。

ところが、このレターパックが思わぬトラブルを引き起こすこととなったのである。その数日後、ボランティア活動に行く途中のバスの中で直人の携帯が鳴った。

「もしもし、紺藤です。さっき本が送られてきたけど、俺は注文した覚えはないぞ！　これは一体どういうことなんだ！」

直人は相手が「こんどう」と名乗ったことから、銀行の先輩の「近藤」さんだと思ってそのつもりで話していたが、どうも話が噛み合わなかった。直人はもう一度相手の名前を尋ねた。

「銀行の『近藤和美』さんですよね？」

「違うよ。俺は『紺藤日出夫』だよ」

直人はようやく相手が南大浦小学校の同級生だとわかった。

「俺は山本直人だよ。南大浦小学校六年四組の同級生の直人だよ」

「ええ？　あの直人か？」

ようやく二人の話が噛み合った。直人は日出夫に今バスに乗っているので、今夜この携帯に折り返し連絡すると伝えた。

日出夫は先月までアフリカのリビアにいたそうで、何でも日本政府が発展途上国への支援活動のため現地に大型プロジェクトを立ち上げ、そこに派遣された技術者たちの、日々の賄いをやるシェフをしていたそうだ。今は長崎に戻って同じ仕事をしているとのことであった。

彼は朝早くから市場で材料の仕込みをしなければならないため、夜遅くまでは付き合えないと言っていたが、昼の同窓会だと話したら参加してくれることになった。

子どもさんは二人いるとのことであった。奥さんにリビアに行くと話したら、荷物をまとめて実家に帰られたそうで、目下気ままな独身生活をしているとのことであった。週に何回かは深堀にある工場で、身体障害者にボランティアで仕事を教えているそうだ。

直人は日出夫の話を聞いているうちに、昔の彼のイメージからは想像もできない今の彼に疑問を持った。

「いつもニヤニヤして落ち着きのなかったあの頃のやんちゃな日出夫が、今は一流のシェフとして活躍し、ボランティア活動にも積極的に参加している。日出夫はいつの間にこんな立派な人間になったんだろう？　日出夫をここまで成長させたのは一体何だろう？」

そして、もう一つのトラブルは宮田高志に出したレターパックであった。直人が数日前に投函したこの郵便物が、「受取りを拒否します」と自署捺印《なついん》されて直人のところに戻ってきたのだ。高志はレターパックを開封することなく返戻して来たわけである。

直人は頭を抱えてしまった。五十年を越える長い年月がこんなに人を変えてしまったのかと誤解してしまった。彼は山本直人という名前すら、もう覚えていなかったのだろうか。彼は川崎市から送られてきたレターパックの内容物が「書籍」と記されているのを見て、「本の押し売り」とでも思って開封することもなく受取りを拒否したのだろうか。彼は過去に同じような押し売りにでも遭ったのだろうか？　直人は何とか彼に誤解を解いてもらいたかった。

そこで、直人は一計を案じて、余っていた今年の年賀はがきを取り出し、大きな字でこう書いて投函した。

「南大浦小学校六年四組の同級生『山本直人』です。これから再度レターパックを送るから今度はちゃんと開封してくれ！」

その三日後の夕方に、高志の携帯から直人に連絡が入った。

「もしもし、直人？　高志です。先日は大変失礼しました。あの日はちょうど原爆病院から退院して来たところだったんだ。腎臓結石の除去手術を受けたんだが、主治医が痛み止めの薬の処方を忘れたため、痛くて痛くて死ぬ思いだったんだ。だからイライラして、訳のわからないレターパックを開封せずに受け取り拒否したんだよ。申し訳なかった」

「ああ、そういうことだったんだ、体調を崩した時はみんなそうなるよ。わかったよ。手術直後じゃあ、同窓会に参加することは無理だよなあ。次の同窓会の案内は必ず送るからな。しっかり療養してくれ」

そう言って直人が電話を切ろうとすると、高志が慌ててこう言ってきた。直人は彼の言葉に自分の耳を疑った。

「いやいや、同窓会には行くよ。酒は飲めないかもしれないけどね。今回を逃すとみんなにまたいつ会えるかわからないもんな。必ず行くよ。牧野義朗も参加するんだろう？　彼はすぐ近くだから一緒に行くよ。吉朗は昨年軽い脳梗塞を発症して一か月くらい入院していたんだ。ちょっと話し方がおかしかったんじゃないか？　彼はその後一生懸命リハビリをしたおかげで見事に復活したんだよ。俺も彼の精神力の強さを見習わなくてはなあ」
「そうか、二人とも大変だったんだな。俺も実は六年前に長崎に転居していた時に、市民病院で二回心臓手術を受けたんだよ。心臓が痙攣《けいれん》して脈が速くなる心房細動を発症したんだ。一回目は失敗したんだけど、二回目でやっと成功したんだ。その時、市民病院で看護師長をしていた同級生の高嶺文子（通称「マドンナ文子」）に大変お世話になったんだよ。俺たちも高齢者の仲間入りをして、みんな満身創痍《まんしんそうい》だよなあ」

直人が近況報告も兼ねて同窓会の案内状に同封した「自分史」は、みんな読んでくれたようだ。みんなも同窓会に参加することを楽しみにしているようだった。

連絡した中で、長崎県外に住んでいた同級生が四人いた。そのうちの男性二人が「伯山武紀」と「吉武巌《いわお》」だった。

武紀は千葉県在住で未だに独身のようであった。彼は昔から大人しい奴であったが、未だに物静かで、電話で連絡した時には直人が何を話しても「ああ、そう」という返事しかしなかった。

直人は彼と話しているうちに、彼はどうも何か精神的に病んでいるのではないかという気がしてきた。彼は昔懐かしい話をしても、なぜか無感動だった。直人は彼から「同窓会には行けない」と断られたが、もうそれ以上彼を説得する気にはなれなかった。直人は最後に彼にこう言って電話を切った。

「武紀、お前もいろいろ大変そうだけど、何か困ったことがあったらいつでも連絡してくれ。川崎と千葉はそんなに遠くはないし、いつでも駆けつけるぞ。じゃあ、またなあ」

一方、巌は昔と変わらずおしゃべりな男であった。彼は小学校の頃、松が枝町の公園のすぐ近くに家族四人で住んでいた。直人はよく彼の家に遊びに行った記憶がある。確か姉が二人いたはずだ。母親は夜の商売をしていたようで、昼間は二階で寝ていたらしい。気が優しい巌は、直人に何度も「声が大きい。母ちゃんが二階で寝ているから静かにしろ！」と注意していた。

彼は女性の中で育ったせいか優しい性格の男の子だったが、今回再会したら、その優しさはどこへ行ったのかと思うほど性格が全く変わっていた。相手を小馬鹿にして冗談を言ったり、自慢話しかしない身勝手な性格になっていた。

「お前もあれからいろいろ苦労したんだろうなあ」と直人は巌に尋ねてみたが、彼は笑って誤魔化していた。


県外の女性は「高山エミリー」が福岡に、「植田浅子」が兵庫に住んでいた。エミリーは高速バスで、浅子は直人と同じく飛行機で長崎に戻って来た。

二人とも昔の面影をちゃんと残していた。エミリーは少しスマートになり、上品に年輪を重ねた淑女という感じであった。一方、浅子は昔から積極的で快闊《かいかつ》な女の子であったが、今もその明るさは健在であった。とにかく何かを話しながら大笑いしてはしゃいでいた。

彼女はこの同窓会に参加していた「森山勇子」と仲が良く、今晩は勇子の家に泊まると言っていた。直人は未だに仲良しの二人を見て微笑ましかった。

また、長崎市内から少し離れた大瀬戸に住んでいた「本間紀代子」は、昔とほとんど変わりなくいつまでも若々しかった。みんな彼女だけは間違いなく紀代子だとわかったはずである。彼女は子ども三人のいいお母さんに、孫から見るといいおばあちゃんになっていた。

直人は六年六組の「鶴山学」（通称「鶴さん」）に突然連絡して、この同窓会に飛び入り参加してもらった。直人はどういうわけか「鶴さん」といつも放課後に小学校の裏庭で一緒に遊んでいた記憶があり、直人が今回帰崎するに当たって、ぜひ彼と会いたいと考えていたのだ。だが一泊二日の強行軍で時間がなかなか取れなかったため、急遽《きゅうきょ》この同窓会に飛び入り参加してもらったわけである。彼も直人の依頼を快諾してくれた。

この他に、連絡がついたものの、先約があったり体調不良などにより参加できなかった仲間もたくさんいた。

広島の愛妻家「川中島勝政」は、同窓会の前の週に墓参りで帰崎したそうで、今回は参加できないということであった。大村の「山田繁」は持病の喘息《ぜんそく》が悪化、「千田敏広」は休日出勤、福岡の「厚井潤子」は先約、横浜の「内股三枝子」は義母の介護と、それぞれいろんな事情で今回の同窓会に参加することがかなわなかったようだ。

また、「荒井了子」は入院中、「有働潤子」と「株森恵子」は体調不良ということで今回は欠席となったが、次回は必ず出席すると約束してくれた。

こうして、総勢十五人の同窓会は二次会、三次会まで続き、無事にお開きとなった。

直人は同窓会が終わってホテルに帰りながら、「なぜこの五十数年ぶりの同窓会がこんなに盛り上がったんだろう」と考えてみた。

それはやはり、何の不安も心配もなく、温かい家族に見守られ、ただただ遊ぶことが唯一の仕事だったあの頃の純真無垢《むく》な時代への郷愁というものが、みんなを一瞬にしてその当時にタイムスリップさせたからであろう。

小学校の同窓会ほど懐かしく楽しい同窓会は他にはないだろう。特に今回は古希のお祝いも兼ねた同窓会ということもあったので、なおさらであった。

直人はその夜に心の中で祈った。

「みんな、次の喜寿の同窓会でまた会おうぜ！　それまでみんな元気でいろよ！」

第一章　不条理

直人は昭和二十八年（一九五三年）二月十日に、長崎の銅座市場の横のお茶屋の助産師さんに取り上げられて生まれた。太平洋戦争が終わってまだ八年しか経っておらず、日本中が貧しい生活を強いられていた頃である。

父は路面電車が走っていた春雨通りの沿線で「山本理髪店」を開業した。この一帯は狭い路地に小さな建物がひしめき合い、ハーモニカの細かく仕切られた吹き口のようだったことから「ハーモニカ横丁」と呼ばれていた。

母は現在の北九州市戸畑の三越銀行に勤めていた経験を活かし、理髪店の経理などを担当していた。また雑用などの仕事もあり、今でいうところの求人活動の仕事もしていたようで、母は職人さんを雇うため大きな求人広告を自ら作成し、店の入り口に貼り出した。

「求む若者！　若干名。経験不問、給料優遇、住み込み可」

この広告を見て応募者が殺到したそうだ。母には人の心を掴む不思議な才能があったのかもしれない。

申込者の中から五人が選ばれ、そのうちの三人が採用された。この中には足の悪い若い女性がいた。三人の職人はお昼になると交代で、母が作った昼食を二階の四畳半の部屋で食べていた。母は理髪店の仕事の合間に銅座市場で買い物をして、毎日昼食を作っていたようだ。直人は交代で二階に上がってくる職人たちと一緒にお昼ご飯を食べながら、よく面倒を見てもらっていた。特に女性の職人には可愛がってもらった記憶がある。

それから二年が経ち、常連のお客さんも次第に増えて行った。そんな時に、父の養母の山本カメの姪《めい》で「勝子」という中年の痩せた女性が父を訪ねてきた。山本家は本家の跡取りに洗濯屋の善太郎がいて、父は分家の跡取りであった。二人は確か同い年と聞いていたが、善太郎の方が体格もよく、父は養子ということもあったのか、いつも善太郎を兄のように立てていた。勝子はある頼みごとがあって父を訪ねて来たのである。

「まーちゃん（父正男のあだ名）、実はあなたに折り入って頼みがあるのよ。本来なら本家の善太郎に頼むのが筋かもしれないけど、私はあの人の上から目線があまり好きじゃないのよ。だからあなたに頼むんだけど、うちの長男の誠をここで雇ってくれない？　誠にちゃんと手に職を持たせたいのよ。

誠は中学を卒業した後、地元の不良少年と仲良くなって、職にも就かずに毎日遊び回っているのよ。まーちゃんの理髪店で弟子として雇ってくれないかしら。この通りお願いしますよ」

父はすでに職人を三人も雇っていたことから困り果て、押し黙ってしまった。その時、横で勝子の話を聞いていた母がこう助け船を出した。

「お父さん、いいじゃないですか。最近忙しくなって、もう一人職人さんを増やそうかと言っていたじゃない」

「そうだな。もう一人増やすか」

「勝子姉さん、お父さんもこう言っています。うちで面倒見ますよ。住み込みでいいんですよね？」

「ええ？　本当にいいの？　住み込みなら願ってもないことだよ。悪い奴らとも縁が切れるからね」

「お父さん、お引き受けしましょうよ。勝子姉さんはお父さんを頼って、真っ先にうちにお願いに来られたんですよ。『本家に頼んでください』なんて薄情なことは言えませんよね」

母は父を立てながらもそれとなく自分の考えを父に提案し、最終的には父の考えだったように仕向けるのが上手かった。これは母が得意とするいつもの誘導作戦であったのである。

ところが、それから二か月くらいしたある日のこと、一見してその筋の人とわかるような人相の悪い二人の屈強そうな男たちが理髪店に入ってきた。

「おい、誠。こんなところにいたのか？　もう逃がさんぞ。早く親分のところに帰るぞ！」

柔道と剣道の心得がある父は、その二人に店から出るように言った。三人で口論になっているところに母が現れ、初めて来店して髭《ひげ》を剃ってもらっていた中年の男性に大きな声で頼んだ。

「けいじさん、この二人のチンピラを営業妨害で逮捕してください」

そのお客さんは椅子から立ち上がり、チンピラ二人を睨みつけた。すると二人はこのお客さんを本当の刑事だと思って一目散に逃げて行った。母はそのお客さんに丁寧にお礼を言った。

「支店長さん、ありがとうございました。よく状況をわかってくださいましたね」

「そりゃあ、わかるよ。あなたの叫び声は尋常ではなかったもんね」

あとで父が母にそのお客さんとどんな関係なのかと尋ねたところ、母はこう答えたそうだ。

「あの人は八十銀行の支店長さんよ。私がお金を借りに行った思案橋支店の支店長さんで、名前は『田中敬治《けいじ》』さんとおっしゃるの。刑事さんに間違いないでしょう?」

父はそれを聞き大笑いしていた。

ところが、誠は自分の居場所が悪い仲間に知られたことから父や母に迷惑をかけてはいけないと、翌日理髪店から居なくなってしまった。

その数日後、勝子は板前をしていた次男とその嫁、それに孫を連れて父のところに謝罪に来た。そして誠が行方不明になってしまったことを父に何度も謝った後、今度はしっかり者で真面目に働いている次男の自慢話をひとしきりして帰って行った。

母はこの時に次男夫婦と初めて会ったが、十数年後に会った時には二人とも変わり果てた姿となっていた。

それは時津警察署からの一本の電話が始まりであった。地元のヤクザの喧嘩に巻き込まれて、この次男夫婦が殺害されたという連絡であった。

この二年前に勝子はすでに亡くなっていたため、身元がわからなくて困っていた時津警察署の警官は、殺された次男のお守りの中から「山本理髪店」の連絡先を見つけたそうだ。その警官は父に至急二人の遺体を確認してほしいと言って来た。

父は仕事が忙しくて行けなかったので、母が代わりに警察署に行くことになった。母は一度しか会ったことのない次男夫婦の顔がわかるかどうか不安であったが、行ってみるとあの頃の二人の顔を思い出したそうだ。おかげで身元が判明して、警察も本人であることが確認できたという。

母は次男夫婦の火葬を執り行い、勝子と同じ墓に納骨してやった。なんとも悲しい勝子の家族の人生であった。

母は納骨を済ませてふと墓石を見て驚いた。墓石にはこんな文字が彫られていた。

「山本誠没　享年二十四」

直人はいつも小学校から帰ると近くの稲荷神社でよく遊んでいた。直人はよく、木の弁当箱を作っていた家の長男の大山隆と相撲を取って遊んでいた。暗くなると誠が母の代わりに迎えに来てくれたことを今でも覚えている。

稲荷神社では銅座町の子どもたちが、学校が終わると一斉に集まって遊んでいた。夕方五時の鐘が鳴ると、母親たちが子どもを迎えに来て一緒に帰って行った。直人の母は理髪店が忙しくてなかなか直人を迎えに行けなかったようだ。そこで母は誠に迎えに行ってくれるように頼んでいたのである。

誠は直人を迎えに行くと、しばらく直人と一緒に相撲をして遊んでくれた。誠はよく自分の弟と相撲を取って遊んでいたそうだ。直人はいつも誠に肩車をしてもらって家に帰った。

あの優しかった誠が店を飛び出した後、すぐに亡くなっていたことを母に知らされた直人は、その夜に誠の夢を見た。彼はいつものように直人を呼んでいた。

「直人、そろそろご飯だぞ。いつまで一人で遊んでいるんだ。早く帰らないとお母さんに叱られるぞ」

直人は誠にこう頼んでいた。

「もう一回、相撲を取ってよ。今度こそ僕が勝つから」

「これが最後だぞ」

と優しそうに笑いながら、誠は両手を広げて直人を受け止めてくれた。

第二章　幼稚園

直人は五歳になると、寺町の「大音寺《だいおんじ》」幼稚園に通うことになった。寺町には幼稚園がたくさんあり、姉二人も寺町の「晧台寺《こうたいじ》」幼稚園に通っていた。

当時の「大音寺」幼稚園には三十人ほどの園児がいた。この中には後に直人が長崎南高校で一緒になる松沢俊輔と増川五郎がいた。

松沢の父は銅座市場の中でかまぼこ屋をしており、山本理髪店の常連客であった。増川の家は、思案橋を田上方面に上がった愛宕《あたご》で酒屋を営んでいた。長崎南校で松沢はラグビー部に、増川は直人と同じバスケット部に入った。

また、浜の町のアーケードの中にあった履物店の息子林田三男、同じく鼈甲《べっこう》店の一枝怜子、万年筆屋の原田千賀子、おてんばで可愛かった松木美佐子、歯医者の娘の小浦和子、時計屋の森太、帽子屋の八代光男、理髪店の金田恵理子などたくさんの町内の仲間たちがいた。

林田三男は、当時人気があった落語家の林家三平と名前が似ていたことや、頭髪も落語家の三平のように天然パーマだったことから、みんなに「三平、三平」と呼ばれていた。

その他に磨屋《とぎや》小学校で一緒になった稲垣屋の坂田徹、浜屋百貨店の創業家の御曹司、藤田賢治もいた。そして直人の一番の幼なじみの、近くの銭湯「綾の湯」の綾小路薫もいた。

幼稚園の先生は、大野富士子という十善会病院の隣の「大野産婦人科病院」の院長夫人であった。大野先生は直人の母親に似ていたことから、直人は先生を母のように慕っていた。

母は直人を幼稚園に入園させる前に、直人が一人で幼稚園に黙っていることができるのか、試しに幼稚園に連れて行ったことがあった。母はその後理髪店に戻ろうとして直人に見つかり、泣きじゃくられて困ったらしい。その時、大野先生が直人をなだめてくれ泣き止んだそうだ。そのことがあって、直人は母親がいなくても泣かなくなったそうである。

母は入園式の時に幼稚園に来てくれたが、その後は理髪店が忙しく一度も足を運んだことはなかった。大野先生は幼稚園の運動会でも、姉と二人でお弁当を食べていた直人のところに来て、一緒に食べてくれたりして面倒をみてくれた。運動会が開催された日曜日は理髪店が最も忙しく、両親は運動会には来られなかったのだ。

また、大野先生は大音寺幼稚園の園児たちが地元のラジオ放送局で演じた放送劇「因幡《いなば》の白うさぎ」の主役に、どういうわけか字の読めない直人を抜擢してくれた。直人は母親が理髪店の手伝いで忙しくて字の読み書きを教えてもらえなかったので、大野先生は直人にマンツーマンで字の読み書きを教えてくれた。幼なじみの綾小路薫は、白うさぎ役で字の読めない直人を、それとなく後ろで助けてやった。

ところが、ある冬の日に大音寺幼稚園がろうそくの火の不始末から火事になり、園児たちの教室も全焼してしまった。

みんなはお寺の本堂に集まって住職から話を聞いたり、袱紗《ふくさ》を扱う練習をしたりしていた。園児たちは様々な仏像や煌《きら》びやかな装飾を目にして、初めのうちはびっくりして神妙な顔で正座して住職の話を聞いていたが、次第に退屈になってきたのか、立ち上がって本堂の中を走り回って騒ぎ始めた。初めのうちは黙って笑っていた住職も、あまりにもうるさい園児たちに我慢が限界に来たのか突然怒り出した。

「皆さん、走り回らないでちゃんと座りなさい。本堂を走り回っている悪い子は、恐ろしいエンマ大王が出て来て地獄に連れて行かれるよ」

その時、園長がみんなを驚かせようとエンマ大王に仮装して本当に登場したのだ。園児たちはびっくりして大声で、

「お利口にします。だからお願いだから地獄に連れて行かないで」と泣き出してしまった。ところが、直人だけは他の園児たちと違って驚くこともなく、逆にエンマ大王に自分から近づいて行ってこう尋ねた。

「エンマ大王は悪い人だけを地獄に連れて行くんだよね？」

それを見ていた住職は、まだ字が読めないと聞いていた直人に、字の読み方を教えようとあることを聞いてみた。

「山本くん、あなたは字が読めないそうだね。あのお釈迦《しゃか》様の仏像の横に書かれている字はな

んて読むのか教えてやろうか？」

その時、字を読めないはずの直人がそれを見てこう言ったそうだ。

「なむあみだぶつ（南無阿弥陀仏）」住職は驚いて直人に尋ねた。

「山本くんはなぜその字の読み方を知っているの？　一体誰に教わったの？」

「南無阿弥陀仏の『南無』はおじぎをする。『阿弥陀仏』は仏様という意味でしょう？」

住職は直人が字の意味まで知っていることに驚いた。

南無阿弥陀仏は直人の家の宗派であった『浄土真宗大谷派』のお坊さんが唱えるお経でもあった。園長は住職に話した。

「この子はもしかすると、前世で僧侶だったのかもしれませんね」

誰が直人にそんなことを教えたのかわからなかったそうだ。

直人はまたお化けの絵が好きで、よくお化けの絵本を枕元に置いて、寝る前に一生懸命その本を見てなかなか寝なかったそうだ。そしていつも母親にこんなことを話していたという。

「このお化けは良いお化けなんだよ。あれは悪いお化けだよ」

母親は直人にこう尋ねた。

「お前はなぜ良いお化けと悪いお化けがわかるの？」

すると直人はこう答えたそうだ。

「だって良いお化けは優しい目をしているんだよ。悪いお化けは怖い目をしているから」

母親は「直人は普通の子にはわからない何かを感じているのかもしれない」と思ったそうだ。

直人は七歳になって、街の真ん中にあった長い歴史のある磨屋小学校に入学した。その時、確か磨屋小学校は一〇〇周年だったように記憶している。

直人は一年一組になった。一組には早生まれの子どもを集めていたそうだ。伊藤正男という、教科書によく出て来るような名前の先生が担任だった。幼なじみの綾小路薫も同じクラスになった。二人は家が近くだったことからよく一緒に通学していたが、いつも早起きの直人の方が、朝寝坊だった薫を呼びに行っていた。

二人とも駆けっこが得意で、一年生の時から町内の対抗リレーの代表選手になっていた。

そんな仲良しの二人であったが、直人が五年生の時に父が体調を崩し理髪店を廃業したため大浦に引っ越すことになり、薫との別れがやって来た。

二人は社会人になってから福岡で再会することになるが、それは十五年も先のことであった。

第三章　反戦集会

直人は昭和三十八年（一九六三年）五月に、磨屋小学校から南大浦小学校に転校することになった。

磨屋小学校の担任であった吉田早苗先生はベテランの先生で、学校では一番古い先生であった。彼女が怒ると怖くてクラスのみんなは彼女を恐れていた。直人は彼女から、今日が最後なので授業が終わった後にみんなにお別れの挨拶をするように言われていた。

直人はどんな挨拶をすればいいのかわからず考え込んでいたところ、先生が身に覚えのないことで直人を叱ったことから、直人は最後に挨拶をする内容をすっかり忘れてしまった。先生はみんなにこんなことを言って直人を叱ったのである。

「山本くんは今日が最後になりますが、最後の最後まであなたは女の子をいじめていましたね。大柳邦子さんからあなたのいじめの一部始終を聞きましたよ。あなたはなぜ女の子をいじめるんですか？　今日は最後だからここでちゃんと謝ってもらいますよ」

直人は先生が一体何を言っているのかよくわからなかった。大柳邦子が先生に何かを告げ口したことだけはわかったが、なぜ先生は両方の話を聞かないで彼女の言ったことだけを信じるんだろう。直人が女の子をいじめたと決めつける先生の考えが理解できなかった。

その時、綾小路薫が先生に手を挙げてこう援護してくれた。

「先生、山本くんは一体誰をいじめたというんでしょうか？　その人に本当にいじめられたかどうか確認すれば、はっきりするんじゃないでしょうか？」

薫の言う通りであった。直人は心の中で「いいぞ、いいぞ。その通りだ」と薫に拍手を送っていた。

先生は薫に痛いところを突かれたという顔をしていたが、みんなに直人が女の子をいじめたことを意地でも認めさせようとした。

「山本くん、あなたはいつも女の子をいじめているでしょう？　だから今日もあなたがいじめたことは間違いないと先生は思っているの。あなたがいじめたんでしょう？」

直人はそれにはっきり答えた。

「私は誰もいじめていません。一体私がなぜ女の子をいじめる必要があるんでしょうか？」

先生もこの直人の生意気な発言にむっとしてみんなに言った。

「それじゃあ、皆さんにお聞きします。今日山本くんが女の子をいじめていたのを見た人は手を挙げてちょうだい」

みんなはそんなことがなかったことを知っていた。教室の中は一瞬静かになった。

直人はそれ見たことかとどや顔で先生に言った。

「先生、先生はみんなに証拠もないのに人を疑ったりしてはいけませんとよく言っていますよね。みんなは私が女の子をいじめていないと証明してくれましたよね」

実は事の発端は、今朝直人が着ていったカーディガンの色にあった。母は昨日仕事で忙しくて洗濯するのが遅くなり、直人が今日着ていくセーターが朝まだ乾いていなかったのだ。母は仕方なく姉のカーディガンを直人に着て行くように言った。直人は姉の赤い色のカーディガンを見て一瞬躊躇したが、母が三人の子どもたちのため忙しく働いていることを考えると、それに反対することはできなかった。

ところが、教室に入ると大柳邦子がその服を見るなり、直人をからかって来たのだ。

「直人、あなたはいつから山本直子になったの？」

直人は彼女を無視していた。すると、彼女は今度は直人の帽子を奪って、

「これも赤くしてあげるね」と赤いマジックを塗ろうとした。直人はさすがにこれには我慢できなくなり、彼女から帽子を取り戻そうと追いかけた。その時、天罰なのか彼女は机に足を引っ掛けて倒れてしまった。

そして大きな声で「直人がいじめた」と泣き出したのである。これが彼女が直人のいじめに遭ったという事件の真相であったのだ。みんなは直人が彼女をいじめたのではないということを、その現場を見て知っていたのだ。

先生は予想に反して誰も手を挙げなかったことに驚いていたが、形勢が自分に不利と思った

のか、直人に先ほど言った最後の挨拶をするように話を変えた。

しかしながら、それでは直人の気持ちの方が収まらなかった。直人は先生が疑ったことをちゃんと謝るべきだと思ったのだ。

そこで、直人は先生に対する怒りを、みんなにこんな方法で伝えた。

「私は今日が磨屋小学校の最後ですが、皆さんに挨拶することは一言もありません。みんなにはまたいつでも会えます。だけど先生にはこれが最後になると思いますので、一言だけお礼を言います。『吉田先生、最後の最後までいろいろとお世話になりました』」

先生はこの生意気な直人の態度に怒りを隠しきれずにいた。

これが直人の先生に対する怒りの表現であった。先生は苦虫を噛み潰したような顔をしていた。その時、薫が直人にこう言ってお別れの挨拶をした。

「直人、またいつか会おうね。その時は今日のことを笑い飛ばせるようにお互い成長しましょうね」

すると、みんなが直人と薫に盛大な拍手を送った。先生はまたしても嫌な顔をしていた。

昭和三十八年（一九六三年）五月十日に、直人は南大浦小学校に転校した。

この小学校には、磨屋小学校とは全く違った和やかな雰囲気があった。とにかくみんな明るく教室に笑いが絶えなかった。直人はクラスの全員から歓迎を受けた。担任の黒岩先生も磨屋小学校の吉田先生よりも随分若い女の先生で、そのせいか教室全体が華やかな雰囲気で活気に満ちていた。

直人は二時間目の習字の時間に、与えられた課題の「希望」という字を清書していた。すると、クラスでは親分のような存在だった「富やん」こと富山三朗が近寄って来て、おっさんのようなコメントをした。

「こいは凄か。僕は習字は苦手やっけん、こんな上手い字は書けんばい。僕がかけるのは恥くらいのもんばい」

いつもの富やん節に、教室の全員が大笑いした。直人はその時思った。

「この南大浦小学校の仲間は面白か。これからずっとこの仲間たちと上手く行きそうな気がする」

ある時、午後の授業が始まってもみんな騒いでいて、なかなか静かにならなかった。先頭になって騒いでいたのは田中雅人と紺藤日出夫だった。

正義感溢れる川中島勝政は二人に「静かにしろ！」と注意したが、二人はなかなか言うことを聞かなかった。女性陣のリーダー的存在の黒井美保と彼女と仲良しの鳥巣艶子も、川中と一緒になって静かにするように二人に注意していた。

ところが、黒岩先生はそんなことを一切気にする様子もなく、一生懸命オルガンを弾いていた。それはよく耳にする有名な楽曲であった。

直人はクラスで一番の秀才と言われていた松島俊博にその曲名を尋ねたところ、彼は自慢そうにこう答えた。

「これは『野ばら』というヨーロッパで有名な曲ばい」

それを聞いたクラスでこちらも一番の物知りと言われ、みんなに一目置かれていた高嶺文子（通称「マドンナ文子」）が、詳しく説明してくれた。

「『野ばら』は、オーストリアのシューベルトがゲーテの詩に曲を付けたもので、悲しい恋の歌なのよ」

先生はみんなが静かになるまでオルガンを弾き続けていたが、そのうちに悲しそうに涙を流し始めた。さすがに悪ガキの二人はそれにびっくりして、ようやく静かにした。すると、先生は何もなかったかのように授業を始め出した。

直人は「みんなが悪いことに気付くまで黙って待つ」という黒岩先生の指導方法が、磨屋小学校のヒステリックな吉田先生とは大きく違っていたことに感激した。

生徒たちにとってどちらがいいかは火を見るよりも明らかであった。直人は黒岩先生が、大音寺幼稚園で親身になって教えてくれたあの大野先生とダブって見えた。

ある日、黒岩先生が突然直人に、

「あなたは戦争をどう思う？」と尋ねて来た。

直人はその時、

「戦争は大嫌いです」と答えた。

先生は、「じゃあ、授業が終わったら先生と一緒にあるところに行きましょう」と直人を誘ってくれた。

ところが、先生は他に富やん、松島俊博、中ノ瀬次男、マドンナ文子にも声をかけていた。先生は直人を含め五人の生徒たちを、浜の町のアーケードの中にある明治屋ビルの三階に連れて行った。中ノ瀬は明治屋のメロンパンが大好きで、後で食べられるかもしれないとウキウキしていた。

その三階の会議室には、すでに五、六人の先生らしき中年男性たちが座って待っていた。全員揃うとすぐに部屋が暗くされ、映像写真がスクリーンに大きく映し出された。それはなんと「ベトナム戦争」の悲惨な映像写真であった。つまり、これは日教組の反戦活動の集まりだったのだ。

ベトナム戦争は、東京オリンピックの年の翌年の昭和四十年（一九六五年）に本格化し、その後十年間も続き、昭和五十年（一九七五年）に北ベトナム軍が南ベトナムの首都サイゴンを陥落させたことにより終結した。南北に分断されたベトナムが、社会主義の北ベトナムと資本主義の南ベトナムに分かれて、ソビエト連邦とアメリカ合衆国という二つの大国の代理戦争を展開したわけである。

　この時、アメリカ合衆国は泥沼化したゲリラ戦での苦戦を何とか挽回しようとして、化学兵器の枯れ葉剤や大勢を殺傷する能力があるナパーム爆弾などの非人道的な武器を使った。枯れ葉剤の影響でベトちゃん・ドクちゃんという結合双生児が生まれたことは、日本でも知られた話である。

　この戦争犯罪とも言える行為は、その後長い間多くのベトナム国民を苦しめることになった。それは広島・長崎への原爆投下により二十万人以上の命を一瞬にして奪い、現在もなおその後遺症に苦しめられている被爆者や被爆二世・三世が大勢いるという戦争の悲劇と全く同じ構図であった。

　直人は明治屋の三階の会議室で見たベトナム戦争の悲惨なスライド写真が、なぜか長崎原爆資料館で見た惨《むご》たらしい犠牲者の写真とダブって見えた。それらの加害者はどちらもあのアメリカ合衆国だったのである。

　しかしながら、当時原爆を投下したアメリカ合衆国を批判する人などほとんどいなかったようだ。むしろ日本国民は大半がアメリカ合衆国を崇拝し憧れていたのである。

　その当時の日本人の合言葉は、

「アメリカは素晴らしい立派な民主主義の国だ。アメリカに追いつき追い越せ！」であった。

こうした敗戦国の国民に反感を抱かせないところが、アメリカ合衆国という国の凄いところであろう。

その当時の直人も例外ではなかった。極端に言えば「アメリカかぶれ」だったのかもしれない。直人は当時、戦車や潜水艦の絵が好きで、よくノートにそれらの絵を描いていたが、なぜかそれらの絵にはどれもアメリカ合衆国の星条旗を描いていたことを覚えている。直人は単に戦車や潜水艦が好きだっただけなのかもしれなかったが、どこかにアメリカ合衆国への憧れを抱いていたことは確かだった。


話を元に戻すと、黒岩先生はきっと日教組の若き反戦家だったのだろう。今どき学校の先生が生徒を反戦集会に連れて行こうものなら、教育委員会からこっぴどくお叱りを受けるに違いない。その当時だからまだ許されたことなのかもしれない。しかし、これをきっかけに直人は反戦活動に興味を持つようになったのだから、戦争がいかに悲惨なものであるかという問題意識を持たせた黒岩先生の影響力は実に大きかった。

大学三年生の時、直人はある新聞の特集記事に驚いたことがあった。それはアメリカ合衆国で原爆を製造したテネシー州のオークリッジの人々の取材記事であった。そこにはなんとこんなことが書いてあった。

「オークリッジの住民たちは、未だに広島・長崎に投下された原子爆弾は戦争を早く終わらせるために行われたものと信じており、多くのアメリカ国民を救ったんだと自慢している。彼らは原子爆弾を製造したオークリッジを誇りに思っているようだ」

彼らは本気でこんなことを考えていたのだろうか。

原爆投下によって広島・長崎で二十万人以上の女・子どもなどを中心とした民間人の命を一瞬にして奪ったことを、彼らは一体どう考えているのであろうか。終戦の僅か一週間前に投下された原爆で、この戦争が本当に終わったとでも言うのだろうか。

これは誰が考えても、人類史上日本が初めてアメリカの核実験場にされたという「戦争犯罪」以外の何ものでもない。現在に至ってもなお、アメリカ合衆国は被爆者たちに何の謝罪も行っていないのである。唯一の被爆国である日本においてさえも、アメリカ合衆国が日本及びベトナムで二度にわたって戦争犯罪を行った事実を知っている人はそう多くないのかもしれない。

歴史は繰り返されると言われるが、まさに今そのアメリカ合衆国と同じことを行っているのが、ロシアのプーチン大統領なのだ。ロシアによるウクライナへの軍事侵攻だ。そして近い将来、朝鮮半島や台湾などでも同じことが繰り返される可能性が高い。

令和四年（二〇二二年）八月三十日にゴルバチョフ元ソビエト連邦大統領が、九十一歳でこの世を去った。彼はソビエト連邦最初で最後の大統領として東西冷戦を終結させ、ノーベル平和賞を受賞した。

彼はアメリカ合衆国のケネディやオバマ以上に、世界平和に貢献した真のリーダーであった。

実は彼も大統領在任中に広島・長崎を訪れている。原爆の悲惨さを嫌と言うほど思い知らされたのであろう。彼の有名な言葉がある。

「対話以外に国同士の紛争を解決させる手段はない」

プーチン大統領に見習ってほしいものである。

偉大なリーダーだったかどうかは、その後の歴史が必ず証明してくれる。ゴルバチョフとプーチンは、これからの歴史の中で好対照だったリーダーとして語り継がれることだろう。

しかしながら、ロシア国内での二人の評価は世界の見方とは全く逆のようである。旧ソビエト連邦を崩壊に導いたゴルバチョフ大統領と、そのソビエト連邦をもう一度復活させようとしているプーチン大統領の、どちらが本当のリーダーなのかと聞かれて、「プーチン大統領だ」と答える人は、ロシア以外のどこの国にもいないだろう。

とにかく、戦争はどんな理由があろうとも許しがたい愚かな行為である。

第四章　部活動

昭和四十年（一九六五年）四月一日、南大浦小学校の六年四組の仲間たちは、長崎市立梅香《うめが》崎《さき》中学校（略称「梅中」）に入学した。「梅香崎」という名前は「埋め（梅）立て地の先（崎）」という地名に由来しているそうだ。

梅中はオランダ坂の下の大浦町に所在し、戦後間もない昭和二十二年（一九四七年）に「長崎市立南大浦中学校」として開校され、その二年後に「長崎市立梅香崎中学校」と改称されている。南大浦小学校・北大浦小学校・浪の平小学校の三校がその校区となっていた。直人たちが同校を卒業した翌年の昭和四十四年（一九六九年）の八月に、鉄筋コンクリート造の新校舎が完成している。

当時の梅中は一学年が十三クラスもあり、一クラスに四十五人ほど在籍していたことから一学年で約六〇〇人、全体では一八〇〇人も在籍していた。現在の在籍数は、この九分の一の約二〇〇人まで減少しているそうだ。長崎の人口が急激に減少していることがよくわかる。

小学校と中学校の大きな違いは「部活動」があるかないかであろう。直人は中学校に入学したらどんな部活に入るか、当時はまだ明確な目標を持っていなかった。

入学してからちょうど一週間くらい経った頃に「卓球部」に入ろうかと思うようになった。何となく卓球なら上手くできそうな気がしたという単純な理由からであった。

南大浦小学校で一緒だった森川君、安東君、篠原君の三人が、すでに卓球部に入部することを決めていた。直人も卓球部に決めたが、入部した後に大いに後悔することになった。

その原因は、卓球部の極めて厳しい「徒弟制度」にあった。各学年の上下関係が非常に厳しく、明らかにおかしいと思われるようなことにも反論できる雰囲気ではなかった。一年生はとにかく「素振り」だけを黙々と繰り返す毎日であった。

直人は三年生の元村キャプテンに質問した。

「元村さん、素振りは卓球の基本であることはわかっていますが、一年間毎日こんな素振りだけを繰り返しても上手くならないような気がします。なぜなら相手と戦う試合では打ち込まれる球筋は様々で、それに反応するためにはこちらも打ち方をそれに合わせて変えないといけませんよね。今のようにただ毎日同じような素振りを繰り返していても、相手には勝てませんよ。もっと実践的な試合形式の練習が必要じゃないですか？」

「山本、お前が何を言わんとしているかはわかっている。もう素振りに飽きましたと言っているんだろう。しかし、一年生は一年間ピンポン球には触れず、とにかく素振りに徹するというやり方がうちの卓球部の伝統なんだ。これを今さら変えるわけには行かないんだよ」

直人はこうした不合理な伝統を改善できないような卓球部に明日はないと覚悟を決め、入部してから約一か月も経たないうちに退部してしまった。

ちなみに卓球部はその後廃部となり、現在の梅中には卓球部は存在しない。

直人は同じ轍《てつ》を踏まないように、今度はいろんな部活動を見学して回った。そんな中、ある小柄なメガネをかけた生徒が一生懸命何かをノートに書き込んで体育館に入って行くのが見えた。

「彼は一体何をしているんだろう」と直人はしばらく彼の様子を窺《うかが》っていると、彼がこっちにやって来て直人に声をかけた。

「おい、君は新入生だろう。うちのバスケット部に入りたいのか？」

「いや、ちょっと見学させてもらっているだけです」

「そう。それならもっと中に入ってちゃんと見学していいよ」

と言って、彼は直人のために椅子を持って来てくれた。

そのうち授業が終わったバスケット部の部員が三々五々集まって来て、全員がこの小柄な男性に挨拶してから練習を始めていた。

「お疲れさまです。今日もよろしくお願いします」

最後に現れたのは、社会科の先生でバスケット部の顧問をしていた重森先生だった。

先ほどの小柄な男性は、すぐに先生にメモを手渡していた。先生はそれを見て彼にこう言った。

「水谷君、ありがとう。君の案の通り今日の試合のメンバーはこれで行こう」

つまり、彼はバスケット部のマネージャーで、今日の試合のメンバーを考えてメンバー表の案を作り、先生に手渡していたわけである。

先生は全員を集めて今日の試合の先発メンバーを発表した。呼ばれなかった部員たちは水谷マネージャーが出したメンバー案に特に嫌な顔をすることもなく納得しているようだった。直人はこれを見て、水谷マネージャーが部員や先生から相当信頼されているんだと思った。

後でわかったことであるが、このマネージャーは被爆二世で白血病を患い、激しい運動ができなくなったため、好きなバスケットの選手になるのを諦めてマネージャーを買って出たそうだ。

直人は卓球部の暗い雰囲気とは好対照の、このバスケット部に入部することを決めた。

バスケット部には当時三年生が三人、二年生が六人、一年生が直人を入れて九人、全部で十八人の部員が在籍していた。部全体が卓球部のように暗くて変な悲壮感もなく、自由闊達な雰囲気に満ち溢れていた。

ところが、入部してからしばらくして、あることに気付いた。それは一年生の直人以外の八人の中には学年トップクラスの秀才が三人もいて、全員が全学年での成績が一〇〇番以内に入っていたのである。彼らはまさに文武両道を貫いていたのであった。

直人は中学に入学した直後に実施された試験では、全校で一〇〇番以内に入っていなかった。

秀才の三人は萬田勇治、有江辰之輔、飯田秀夫で、いつもトップテンに名を連ねていた。直人は一年生の時に一度も彼らを上回ることができなかった。

ところが、勉強のできる部員は一年生だけでなく二年生、三年生も同様であった。二年生の中田修平はいつも学年トップの秀才であった。彼の一つ下の弟の耕平もバスケット部にいた。弟は身長が高かっただけで勉強はあまりできる方ではなかったが、それでも一〇〇番以内に入っていた。三年生の三人もいつもベスト10に入っていたようだ。直人は思った。

「文武両立が梅中のバスケット部の伝統なんだ」と。

ところが、本業のバスケットは中体連で一回戦をなかなか突破できない弱いチームであった。しかしながら、顧問の重森先生はそんなことは一切気にしていなかった。彼はいつも試合が始まる前に、

「負けてもいいから明るく元気で思い切り楽しめ！」と励ましていた。そして負けた試合の後には、

「一回戦で負けたくらいでそんなに落ち込むことはないぞ！　これから勝つ可能性がいっぱいあるということだ。人生はこれから長いんだから勝つチャンスはいくらでもある！」

彼は式見の田舎から梅中にバスで通って来ていたが、放課後遅くまで部員たちを指導してくれた熱血先生であった。八十六歳で他界されたと聞いたのは、直人が平成十六年（二〇〇四

年）にお盆で帰省した時であった。

話は変わるが、南大浦小学校六年四組の二十人の女子のうち、なんと十人が梅中の女子のバスケット部に入部している。小学校の頃からドッジボールやポートボールは他のクラスを寄せ付けないほど強かったからであろう。リーダー格の黒井美保を筆頭に、鳥巣艶子、高山エミリー、本間紀代子、植田浅子、厚井潤子、塩藤潤子、株森恵子、高井裕子、原園京子の十人である。

女子の方は勉強でトップクラスに入るような頭の良い子は一人もいなかったが、こちらは男子と違ってバスケットでは一回戦で負けるような弱いチームではなかった。そうかと言って優勝するほど強くもなかった。中体連ではいつも三回戦突破を目標に掲げていた。

女子の顧問は男子の寡黙な重森先生とは対照的に、口から先に生まれてきたんじゃないかと思われるほどうるさかった岩田一郎先生であった。

彼も熱心に部員の指導に当たってくれた。梅中は先生も生徒もいつも一生懸命であった。「結果は問わず、プロセスを大事にする」が梅中のバスケット部のモットーであった。

ちなみにバスケット部は、男女とも現在も梅中に残っている数少ない部活である。

直人たちが三年生になったある日のこと、バスケット部のキャプテンになった有江《ありえ》辰之輔《しんのすけ》が直人たちに相談があると言ってきた。辰之輔は頭が良く理論家で戦術家でもあった。

バスケットの試合でもいろんなフォーメーションを考え、勝てる寸前までは行くのだが、どうしても最後のハードルが越えられず、なかなか一回戦を突破することができなかった。彼はそれを何とかしようと、いつも優勝候補と言われていたバレーボール部のメンバーに聞きたかったのである。バレーボール部のキャプテンの洋二郎、副キャプテンの大増《だいぞう》、ポイントゲッターで長身の武《たけし》、それにセッターの祐輔《ゆうすけ》の四人が辰之輔の家に呼ばれて集った。

辰之輔は直人たちに、次の日曜日にバレーボール部のメンバーから話を聞くため、自分の家に集まってほしいと言ってきた。全員承諾して日曜日のお昼に辰之輔の家に集まった。そしてバレーボール部の四人も時間通りにやって来てくれた。

バレーボール部のキャプテン、副キャプテン、アタッカー、セッターの四人の他に、呼ばれてもいないのにレシーバーの洋《ひろし》までやって来た。みんな集まったところで辰之輔はみんなにお礼を言って、すぐに本題を切り出した。

「洋二郎、俺たちバスケ部は平日は二時間、休日は五時間以上も練習している。おそらくお前たちバレー部と練習時間でそんなに大きな違いはないと思うが、なぜお前たちは優勝候補といわれるほど強くなったんだ。一体何が俺たちと違うんだ？」

「辰之輔、お前たちバスケ部の連中は本当に真剣に練習しているのか？　俺に言わせると、お前たちの練習にはポリシーというものがないと思う。あれでは強くなれるはずがない」

それを聞いた辰之輔は、洋二郎が言っていることがよくわからなかった。

「何だ、そのポリシーとは？」

洋二郎は辰之輔が質問して来るのを想定していたかのように、詳しく説明してくれた。

「ポリシーとは『戦略』だ。つまり、俺たちが部活動で目指すべき方向性だ。お前たちバスケ部の『戦略』は一体何だ？」

辰之輔は突然の質問にしばらく考えた後、こう言った。

「俺たちの『戦略』は、どこよりも練習することかなあ」

それを聞いて洋二郎は嘲笑《あざわら》った。

「そんなものは『戦略』でも何でもないぞ。それは単に根性で頑張ろうという精神論に過ぎない。辰之輔、よく聞け。『戦略』とはまず自分たちのチームの弱点を洗い出すことから始まるんだ。そして次にその弱点をどうすれば克服できるかというアクションプラン、つまり『戦術』を考えるんだ。

具体的に言うと、俺たちバレー部の弱点は、見ての通り身長が他のチームよりも圧倒的に低いことだ。平均身長で五センチも低い。あらゆる球技において実力が拮抗している場合には、平均身長が高いチームが必ず勝つんだ。この難題をどうすれば克服できるか、そのための目指すべき方向性を考えることが『戦略』だ。

俺たちの『戦略』は、身長の低さをどうやってカバーするかということだ。お前たちバスケ部も俺たちと同じ問題を抱えているだろう。だからおそらく『戦略』に大きな違いはないかもしれない。『戦略』という方向性が明らかになったら、次はこの『戦略』を推し進めるためのアクションプラン、すなわち『戦術』をどうするかだ」

洋二郎の指摘はバスケ部員にとって、まさに目から鱗《うろこ》だった。彼は自分たちがその問題をどう解決したかを具体的に説明してくれた。

「いいか、よく聞け。俺たちは全員部室に集まって、この問題にどう対応するか侃々諤々《かんかんがくがく》議論したんだ。そしてある結論に達したんだ。それは三つの『戦術』だった。

一つ目は簡単なことであった。それは『サーブ』だったんだ。俺たちのように平均身長が相手より低くても、サーブで相手を崩してしまえば相手にアタックをさせずに点を獲ることができる。そこで、どんなサーブが身長の高い相手に一番効果的か、実際にいろんなサーブを研究したんだ。

その結果、最も成功率が高かったサーブがわかったんだ。それは『ドロップサーブ』だったんだ。高身長の相手は、目の前で落ちるドロップサーブが苦手だったんだな。全員練習が終わった後に一人一〇〇本『ドロップサーブ』を打ち込んだ。それを三か月間毎日続けたんだ。すると、その後の練習試合でこのサーブポイントが一気に増えた。

二つ目はレシーバーの洋が提案した戦略だ。これは本人から話してもらおう。洋、話してやってくれ」

　洋は待っていましたと言わんばかりに得意になって、いつもの饒舌《じょうぜつ》ぶりを発揮した。

「俺はレシーバーとして、どうすれば相手に勝てるか三日間寝ずに考え続けた。そしてその答えがわかったんだ。つまり『絶対にボールを落とさない』という『戦術』だった。こちらが拾いまくれば相手に点数は入らない。俺たち全員が回転レシーブの練習に時間を割いた。アタッカーの武や洋二郎も必死に回転レシーブの練習をした。こうして俺たちは相手とのラリーでボールを拾い続けながら、相手がミスしてくれるのを待ったんだ。これが第二の『戦術』だったんだ」

　そして最後の第三の戦術を大増が話してくれた。

「第三の『戦術』は『フェイント・トス』だ。身長の高い相手のブロックに身長の低い俺たちのアタックは悉《ことごと》く跳ね返され、相手のコートになかなか打ち込めなかった。そこで、考え出した『戦術』がこのフェイント・トスだった。

　俺はアタックするふりをしてジャンプしながら、そのボールを武や洋一郎にトスしたんだ。すると相手のブロックは完全に間合いを外され、こっちのアタックにブロックで対応することができなかった。うちのアタックは面白いように決まったんだ」

　こうしてバレー部の仲間からのアドバイスにヒントを得て、バスケ部の連中も三つの『戦術』を考え出した。バレー部の第一の『戦術』のサーブに相当するものが、こちらは「ロングシュート」だった。第二の回転レシーブに相当するものが「ドリブル」、そして第三のフェイント・トスに当たるものが、パスする相手を見ずに速いパスをする「ノールック・パス」であった。これらの戦術が予想外に大きな効果をもたらした。

いつも一回戦で敗退していた梅中のバスケ部は、なんとベスト8に入る強豪校に生まれ変わったのである。

こうしてあっという間に三年生最後の部活が終わり、直人たちは梅中を卒業した。梅中のバスケ部の仲間たちは全員高校でもバスケ部に入った。

ある日、直人が練習を終えて窓の外を見ると、雨の中のグラウンドで泥まみれになって練習しているラグビー部の連中がいた。その中にはあの洋二郎と大増が見えた。二人はバレー部には入らなかったようだ。

それである時、高校でも引き続きバレー部に入った洋に、なぜあの二人がバレー部に入らなかったのか聞いてみた。

洋は悲しそうな顔をして直人に言った。

「直人、俺たちは中学の時、バレーボールこそ俺たちの生き甲斐《がい》そのものだと思っていた。これからもずっと続けようと部員全員がそう誓った。しかし、俺たちは成長するに連れて考え方、生き方の方向が少しずつズレて行ったんだ。その乖離《かいり》幅は時間とともに大きくなって行ったんだよ。

『あの素晴らしい愛をもう一度』という歌があったよなあ。あの歌の通りだよ。あの頃、美しいと思っていた心と心が、今はもう通わなくなったんだ。実に寂しいもんだな」

この後、洋は大学に行かずに上京し、日本橋の夜の繁華街で下積み生活を重ねながら、今ではいくつもの事業を精力的に手掛けている。

洋二郎は防衛大学校に進んで防衛省に入省した。

大増は直人と同じ丸の内企業グループの大手ゼネコンに就職し、今でもその子会社で一生懸命働いている。

あの頃の親しい仲間たちは、それぞれ自分の人生を歩み続けている。

だがその後、残念ながら洋二郎は六十六歳という若さで人生の幕を下ろしてしまった。

第五章　メル友

直人は南大浦小学校の五十数年ぶりの同窓会での幹事としての大役を終え、それまでの緊張感が一気に抜けてしまった。

それからまた以前のような介護生活に戻っていた時に、直人の携帯にショートメールが入ってきた。そのメールは、先日の同窓会にわざわざ福岡から参加してくれた高山エミリーからだった。

「直人、同窓会の幹事お疲れさまでした。みんな盛り上がって良かったね。私も久しぶりにみんなと再会することができて懐かしかったわ。

ところで直人に一つお願いがあります。今回の同窓会をきっかけに、またみんなとの交流を復活させたいと思っています。ついては直人にみんなのグループＬＩＮＥを作成してもらいたいの。同窓会の親しいメンバーたちのメール交換っていうところかな。ぜひ名幹事の直人にその旗振り役をお願いします」

直人はすぐにこんな了解のメールを返信した。

「それはいいアイデアだね。わかった。幹事の最後の仕事としてみんなに呼びかけてみます」

直人は、どのような目的でグループLINEを立ち上げたらいいかしばらく考えた。親しい仲間だけに限定すれば、声がかからなかった仲間たちから不平不満が出ることが予想され、かえってこの提案に反発を招く可能性も考えられる。そうかと言って全員に声をかけると、中には面倒臭がる人もいるだろう。直人は『困った時の神頼み』と思い、同窓会の会長の富やんに相談してみることにした。

さすがに彼は会長だけのことはあって、この問題を一刀両断した。

「そうだな、誰でも入会・退会は自由ということで全員に声をかけたらどうやろか。メール内容も全員の良識に任せて、これまた各人の自由ということにして、ざっくばらんな会にしたらよかさ」

会長の英断で、六年四組の同級生のグループLINEはすぐに開設の運びとなった。

直人は小学校の時のみんなのやんちゃぶりを思い出して「悪ガキ会」というネーミングにした。みんなからこの名前に特に異論はなかった。

ところが、会員の呼びかけを始めたところ、思わぬ問題が発生した。五人の仲間が携帯をまだスマホに切り替えておらず、ガラケーを使っていたのだ。

それでもそのうちの三人は、事情を話すとすぐにスマホに買い替えてくれた。最後までガラケーにこだわっていたのは、紺藤日出夫《こんどうひでお》と千田利廣《せんだとしひろ》の二人であった。ただし、彼らも次にスマホに切り替える時には、この「悪ガキ会」に参加することを約束してくれた。

次の問題は、スマホの機能にまだ慣れていない仲間二人が、入会はしてくれたものの、なかなか投稿できないことであった。その二人とは牧野吉朗《まきのよしろう》と吉武巌《よしたけいわお》だった。この二人は現在「悪ガキ会」の会員にはなっているものの、直人が送ったメールがなかなか既読にならない。おそらくこのＬＩＮＥを開くことができないのであろう。結局十二人の会員で直人が送ったメールが既読になるのは、直人を除いていつも九人だけである。

また、黒井美保はＬＩＮＥの着信音がうるさいからと言って途中で退会してしまった。また、荒井了子、株森恵子、内股三枝子、宮田高志もグループＬＩＮＥよりも個別メールを選択した。

直人はグループＬＩＮＥを開設するに際して、どうすればみんなの共通の話題を提供できるか考えた。家族同士のグループＬＩＮＥでも、時間の経過とともに使われなくなるケースがよくある。したがって、「悪ガキ会」を継続させるためには、全員が興味のある共通の話題を採り上げ続けることが重要ではないかと考えたわけである。

ところが、それは全くの取り越し苦労だったことがわかった。グループＬＩＮＥを始めると、みんな昔の思い出やガーデニングなどの現在の趣味、高齢者としてのいろいろな悩みなど、それぞれの主義・主張を忌憚《きたん》なく投稿し始めたのである。それはまるで先日の同窓会の続きの話を聞いているような賑《にぎ》わいであった。みんなの投稿はアップするとすぐに既読となり、その日のうちに全員が既読となった。

これで「悪ガキ会」のグループＬＩＮＥはやっと軌道に乗り直人はまたコミュニケーションのない、孤独で先が見えない在宅介護生活に戻った。

これまでの八年間の介護生活は、初めのうちは緊張した毎日でストレスを感じる暇もなかったが、時間が経つに連れてそれまで無我夢中で見えなかった周りのことがよく見えるようになり、いつの間にか「介護ストレス」という病魔が直人の心の中で少しずつ大きくなっていた。

直人は「これは大変だ」とボランティア活動を始めたものの、その会場で新型コロナウイルスのクラスターが発生したため、現在は中断したままとなっていた。

そんなタイミングで、この「悪ガキ会」のグループＬＩＮＥが始まったわけである。

これによって直人の心の中でそろそろ限界に達しようとしていた「介護ストレス」が、少しずつ解消された。まさに直人にとってこの「メル友」は、同窓会がもたらした素晴らしい贈り物であった。

次の喜寿（七十七歳）の同窓会まではあと七年もあるが、このグループＬＩＮＥが、それまでみんなの心を繋ぎ止めてくれるだろう。

「南大浦小学校六年四組、万歳！　何の不安もなく遊びまくっていたあの頃の青春時代に乾杯！　みんな次の同窓会でまた会おう！　それまでみんな元気でいろよ！」

第六章　家族崩壊

令和元年（二〇一九年）十二月七日に義母が亡くなったことから始まった義弟と義姉の遺産相続の熾烈《しれつ》な争いは、義弟が令和二年九月に福岡家庭裁判所大牟田《おおむた》支部に「調停」を申し立て、二年間にわたり審理されてきたものの、結果的には双方が和解することはできなかった。

直人はこの間、義弟に頼まれ、洋子の在宅介護の合間に調停申し立ての申請書、義母の金融機関との取引の分析、義姉の申し立てに対する意見陳述書の作成等、全面的に義弟をサポートしてきたが、「調停」は結局、不調に終わってしまった。

一時は直人が二人を仲裁しようと提案した「遺産分割協議書」が合意寸前まで行ったが、義弟がどうしても義姉を許せないとして白紙に戻ってしまった。直人はこれまで仲の良かった家族が、なぜこんな情けない争いを続けなければならないのか残念でならなかった。

義弟は「調停」を取り下げ、どうしても義姉の不正行為が許せないとして令和四年（二〇二二年）三月十八日に、長崎家庭裁判所に「不当利得の返還」を求めて義姉を「提訴」した。

返還請求金額は、義母が認知症で入院していた時期に義姉が無断で義母の預金通帳から引き出した数千万円のうち、義弟と洋子に相続する権利がある約二〇〇〇万円であった。

さらにこれを返還させるために供託金を積んで、義姉の預金を差し押さえた。

ところが、義姉が引き出した現金は夫の多額な借金返済に充当され、通帳にはもはや十数万円しか残っていなかったのである。

直人は義弟が依頼した弁護士に頼んで、義姉の預金の過去の動きを調べてもらうことにした。なぜなら直人が以前、義姉からLINEでもらった預金通帳の写しに記帳されていた源泉税（利息の二十パーセント）の支払額から逆算すると、義姉の普通預金の平均残高は三〇〇万円以上あったことがわかったためである。

義母の預金から引き出された金額は、過去二十年間で八〇〇〇万円近くに上っていた。これには義母が証券会社で運用していた有価証券の売却代金も含まれていた。

義母は以前、洋子と直人に、

「月興証券に委託している有価証券は加代に、野々村證券に委託している有価証券は洋子に相続させる」と言っていたが、義母が亡くなった後に証券会社から残高証明書をもらったところ、月興証券はゼロに、野々村證券は委託額が半減していた。こうした有価証券の売却代金も、加代の夫のサラ金返済に充てられていたわけである。

裁判長はこうした原告側の主張を正当と認めて、取引金融機関宛に過去の取引明細を提出するように命令した。そしてこの金融機関のデータが、義弟が依頼した安宅弁護士宛に届いたのである。

安宅弁護士は直人に確認してもらうため、このデータを急いで送ってきた。

「山本さん、やっとお姉さんの悪事を証明できるデータを入手することができましたよ。なんと総額一億円近くの預金を引き出していましたよ。そのほとんどが、夫のサラ金からの多額な借金の返済に充当するため引き出されていたんでしょうね」

「やっぱりそうでしたか。これでこの裁判もようやく先が見えて来ましたね。『不当利得の返還』と『遺産相続争い』が、これで一気に解決ですね」

ところが、義姉は夫と共謀して、実の妹の洋子が寝たきりで認知機能がないのをいいことに、とんでもない策を弄してきたのである。

義姉の反論は次のような内容であった。

「自分が引き出した預金は、母親を自分一人で介護してきたことに対する正当な報酬である。一方、妹の洋子は母親から自宅購入資金を二〇〇〇万円借りて、未だに返済していない」

突然、自分が引き出した現金は正当な介護報酬であるが、洋子が自宅購入資金を母親から借りて返していないから、これこそが不当利得だという根も葉もない反論をして来たのである。その意図は、洋子も義母から相応の現金をもらっており、自分も遺された財産を相続する権利があると言いたいわけである。

そして、この主張を裏付けようと、洋子と直人の中学の同級生であった早田大増《はやただいぞう》に頼んで、この嘘をあたかも事実であるかのように何も知らない彼に証明させようとしたのである。

そうとは知らない彼は、昔義姉に好意を持っていたこともあり、義姉の作り話を鵜呑《うの》みにして、まんまと義姉が仕掛けた罠にはまってしまったのである。

直人はこれまで義姉と義弟の争いにはできるだけ首を突っ込まないようにしていたが、この義姉の洋子に対するなりふり構わない仕打ちに、さすがに我慢の限界に達した。義姉はとうとう直人を本気で怒らせてしまった。直人は洋子を守り、義姉を懲らしめるために立ち上がったのである。

義姉は自分の悪事のデータが裁判所に提出され不利だと思ったのか、夫に頼んで直人と仲直りをしようと、直人の長男に仲立ちを依頼する姑息《こそく》な手段まで使ってきた。

しかしながら、もう「賽《さい》は投げられた」「覆水盆に返らず」である。直人は義姉の悪事を、一つずつ動かぬ証拠を突き付けて糾弾した。

直人はまず、早田大増が義姉に頼まれて裁判所に送った陳述書が真っ赤な嘘であることを、裁判で明らかにした。

【早田大増が裁判所に送った陳述書の内容】

・二〇一七年七月二十三日に川崎の自宅に行った

・洋子が自宅で自殺未遂を起こしたのを聞いたのは同年七月二十三日

・二〇一七年十二月二十五日に長崎の道の駅病院に見舞いに行った

・二〇一九年十一月十七日に長崎の道の駅病院に見舞いに行った
・同年十一月二十七日十八時三十分に川崎の自宅に行った
・同年十二月三日にも川崎の自宅に行った

ここまでは単なる事実の記載であり、彼が付けていた日記の内容をそのまま記載しただけで何の意味もないが、この後のくだりは、いきなり直人が自宅を買い替えた時の資金の動きが詳細に述べられている。それは第三者である彼が知り得るようなことではなかった。つまり、ここからは義姉が裁判で自分が有利になるように彼に依頼して作成させたのではないかと思われる内容になっていた。

・直人は買い替え前の旧自宅をローンと自己資金の合計五四〇〇万円で購入した（実際は五六〇〇万円）
・直人は現在の自宅を六〇〇〇万円で購入した（実際は六七〇〇万円）
・この資金手当は洋子が母親から二〇〇〇万円を借り、旧自宅の売却代金二五〇〇万円（実際は二六〇〇万円）と退職金一五〇〇万円（実際はまだ退職していない）で購入した

そして、最後に記載されていた内容は、あたかも洋子が発言したかのように捏造《ねつぞう》されていた。

・洋子は直人に『母から借りた二〇〇〇万円は母が元気なうちに返済しなさい』と口酸っぱく話していた

これは、洋子が母親から借りたと主張する二〇〇〇万円は直人が借金していたことにすり替わり、認知機能がほとんどなかった洋子が直人に借金を返すように口酸っぱく言っていたという、あり得ないような話になっていたのである。

直人は裁判長に証拠書類を揃えて、この大増の話が義姉に頼まれて作成した虚言であることを証明した。その後直人はこれまでの相続争いに関して、自分の意見をこう述べた。

「裁判長、私は相続人である洋子の夫で山本直人と申します。家内は難病で寝たきりのため、私が家内の成年後見人として一言だけ意見を述べさせていただきます。

義母が亡くなってから義姉と義弟の熾烈な相続争いが三年以上も続いています。その間にも家内の症状は悪化し続け、話すこともできなくなり、とうとう認知機能がほとんどなくなってしまいました。

二人とも自分たちの実の姉妹である家内が難病に苦しんでいることも気にかけることなく、それぞれ自分勝手な主張を繰り返してきました。私は義母が生きていた時にあんなに仲の良かった姉弟が、なぜこんな骨肉の争いをしなければならないのかと非常に残念に思い、何とか二人の仲を修復させようと努力してきましたが、二人とも最後には部外者である私に対して容赦なく非難を繰り返すようになりました。

私は亡くなった義母から『何かあったらよろしく頼むよ』という遺言を託されていたこともあり、二人の争いを何とか収められないかと何度も仲裁に入りました。おそらく相続人三人の中で義母が最も信用していた家内が元気だったなら、こんなばかげた争いになっていなかったと思います。

この問題は加代の夫の多額な借金が原因です。これが義母の家族を崩壊させ、義弟の家族をも崩壊させようとしています。加代の夫がギャンブルで多額な借金さえ抱えていなかったならば、こんなことにはなっていなかったはずです。義母はこうなることを察していたので、私に『何かあったらよろしく頼むよ』と遺言を託したのです。

義弟はこの問題が起きると、私に毎日のように電話をかけてきて、どうすればいいかを長時間相談してきました。私も最初の頃は調停で何とかなると考えていましたが、肉親同士の相続争いはなかなか証拠書類がなく、想像を絶する困難なものでした。

そんな中、崖っぷちに追い込まれた義姉が、矛先を認知機能が全くない洋子に向けてきたため、もう仲裁はこれまでと考え、義姉夫婦の悪事を洗いざらい究明しようと考えました。

真実は一つしかありません。義母の多額な現金がなくなっていたこと、証券会社に委託していた多額な有価証券が大きく減少していたこと、特に義母が義姉に相続させると言っていた月興証券で運用していた有価証券は解約されゼロになっていたこと、その間に義姉の夫が多額な借金返済をしていたこと、これらの事実から、義姉夫婦の悪事は明白です。

つまり、家族を崩壊させたこの問題の本質は、義姉の夫の借金問題なんです。それほどサラ金の借金は恐ろしいということなんです。義母の無念を思うと非常に残念でなりません」

ところが、今度は原告である義弟が大増の作り話を信じて、直人に不信感を抱き始めたのである。直人はこうした情けない姉弟間の相続争いを見て、洋子がまだ元気な頃に自分の姉のことを「貧すれば鈍する」とよく言っていたことの意味が、今ようやくわかった気がした。

直人は最後に裁判長にお願いした。

「裁判長、一つお願いがあります。本件の相続争いの本質に関わることであります。義姉とその夫が三十数年間にわたり働いてきた悪事の原因は、夫郁二のギャンブル依存症による『サラ金からの多額な借金問題』だったんです。したがって義姉が引き出した現金は、この借金の返済に充当されています。サラ金からの多額な借金の返済状況及び個人再生（借金棒引き制度）が申請されてから完済に至るまでの経緯を明らかにすれば、この問題は解決します。私はこれらの書類の提出を求めます」

二週間後にこれらのすべての書類が揃った。それによって、数千万円に及ぶ郁二の多額な借金が数百万円に急減した事実が明らかになったわけである。そしてその返済に合わせるように母親の預金が引き出されていたのである。

これで義姉と夫は完全に追い込まれ、その後は裁判長が何を質問しても二人は放心状態となっていた。

それにしても、サラ金からの多額な借金で義母スマの家族を無茶苦茶にし、母親が長年にわたり、女手一つで四人の子どもたちを育てきた仲の良かった家族までも崩壊に追いやった、義姉の夫の罪は許しがたい。母親は今頃草葉の陰で、自分の家族の悲劇を嘆いていることであろう。

第七章　母の一生

直人の母は、大正十三年（一九二四年）年九月一日に熊本県の八代市に生まれ、その後すぐに北九州市の若松に移り住んで、二十歳まで家族四人で暮らしていた。母は若松高等女学校を卒業した後、三越銀行の戸畑支店に勤務していた。

一方、長崎の三菱造船所の溶接工として働いていた父は、二十八歳の時に八幡製鉄所に転職し、若松の母の家の近くに下宿していた。そして父は昭和二十一年（一九四六年）三月に母と結婚した。その後、二人は長崎に転居し、銅座町で理髪店を開業した。

二人は直人を含めて三人の子どもに恵まれ、理髪店も順調に推移していたが、父が五十八歳の時に体調を崩して廃業に追い込まれた。父はその後十年以上にわたって近くの昭和会病院に入院することになり、母は毎日病院に行って父を介護した。

母は父が平成十七年（二〇〇五年）五月に他界してからは、趣味の日本舞踊や三味線を近所の人たちに教えながら楽しく余生を送っていた。

直人は出張で長崎に帰るたびに年老いて来る母を見て、あることを思いついた。それは、何にでも興味を持ち向学心が人一倍強い母に携帯を教えてみようということであった。

長女の久美が画面の大きい老人向けガラケーを買ってきてくれ、直人は川崎から固定電話を使いながら八十八歳の母に携帯の操作を教えた。直人が思った通り、母はすぐに携帯を使いこなせるようになった。

ところが、母は携帯メールが面白いと言って、毎日のように直人にメールを送るようになった。直人が忙しくてなかなか返信ができないでいると、今度は電話をかけてきて、

「メールは届いていないの？」と返信の催促をするようになった。

その後まもなく母はアルツハイマー型認知症を発症して、夜中にたびたび徘徊《はいかい》するようになったことから、直人は母を川崎に引き取って一緒に暮らすことにした。

しかし、この頃から洋子の病気も進み始めてきたことから、母は直人の負担を減らそうと思ったのか、自分はたまプラーザの有料老人ホームに入居すると言い出した。この施設は平成二十六年（二〇一四年）三月に開業したばかりの新築で、これから入居者の募集をかけるところであった。母はこの施設を地域担当のケアマネージャーから紹介されたのだった。

母はたまプラーザのデイサービスに通っていたこともあり、施設の見学会の初日にここに入居することを決めた。部屋は二階のエレベータに近い二〇一号室にしてもらった。

直人は毎週土曜日か日曜日のどちらかに、必ず差し入れのお菓子や果物を持って施設に面会に行った。母は甘いものが大好きで、よく「あんパンが食べたい」などと言って直人に次の注文を出していた。

そんな母の平穏な生活は二年近く続いたが、洋子の病気はその間、悪化の一途をたどり、ついに自傷行為がたびたび起きるようになった。直人は認知症の母を川崎に残したまま、洋子を長崎に連れて帰る苦渋の決断を迫られた。

平成二十八年（二〇一六年）七月二十二日、直人は洋子と愛犬グレートを連れて長崎に帰ることにした。これにより直人は、これからは逗子にいた長女の久美に頼んで母の面倒を見てもらうことにした。

直人の携帯には、洋子が入院していた長崎の道の駅病院と、母が入居していた横浜の老人ホームの両方から電話がかかって来るようになった。直人はその時、洋子の療養のため長崎にいたことから、携帯が鳴るたびに「長崎道の駅病院からの電話でありますように！」と祈って出た。しかし、三回に一回くらいは横浜の老人ホームからも電話がかかってきた。

「もしもし、山本さんの携帯でしょうか？　私はお母様が入所されているたまプラーザの老人ホームの黒田と申します。いつもご利用いただきありがとうございます。

実は昨夜、お母様が深夜にホームの中を俳諧されて、二階の階段から転倒されたんです。すぐに往診の先生に来てもらい診察を受けた結果、特に異常はありませんでしたが、頭を打った可能性もあり、念のため総合病院で精密検査を受けていただきたいと思って連絡させていただきました」

直人はすぐに久美に連絡して、母を横浜総合病院に連れて行ってもらった。幸い、この時は特に問題になるようなことはなかった。

ところが、それから三か月もしないある日のこと、またホームから電話があった。

「山本さん、お母様が昨晩から高熱が出ていまして、往診の先生に診てもらったんですが、すぐに横浜の総合病院で精密検査を受けた方がいいんじゃないかと言われました。山本さんが長崎におられることは先生にお伝えはしたんですが……」

「わかりました。明日の午後には行けると思います。それまでよろしくお願いします」

横浜総合病院で精密検査をしてもらった結果、「腎臓結石」であることが判明したが、九十一歳と高齢のため手術に耐えられないだろうと言われ、薬によって結石を散らす治療となった。

ところが、その翌日に先生から直人に連絡が入った。

「山本さん、いい知らせです。お母様の腎臓結石がいつの間にかなくなっていました。これで熱も引くんじゃないかと思います。経過が順調なら来週にも退院できると思います」

「そうですか。それは助かりました。先生、本当にありがとうございました」

その後、約三年間は大きな病気をすることもなかったが、やはり高齢による体力の衰えは次第に進み、毎月一回の認知症病院の通院の後にいつも楽しみにしていた、たまプラーザの和食店でのお昼ご飯にも行けなくなったそうで、ほとんど寝たきり状態のようだった。

それから二か月くらい経ったある日の朝に、久美から電話があった。

「お父さん、おばあちゃんが誤嚥性肺炎で川崎の新百合ヶ丘総合病院に緊急入院しました。危篤状態ということではないけど、高齢だからいつ急変するかもしれないって」

「わかった。今日の夕方にそっちに行くよ。悪いけどそれまで看ていて」

こうして直人は母が亡くなる数日前に面会することができた。その後、一旦長崎に帰ったため残念ながら母の最期を看取ることはできなかった。直人は先生に今すぐ亡くなるようなことはないと言われ、一旦長崎に戻ったのだが、その翌日の午前十時頃に久美からまた電話があった。久美は無言で、電話の向こうで微かに泣き声がしていた。直人は母が亡くなったことがわかった。

翌日、久美と横浜に住んでいた次男の燕《つばめ》の三人で母を荼毘《だび》に付し、その日のうちに火葬して遺骨を長崎に持ち帰った。父の墓に納骨したのは、それから二か月後であった。父は母を十七年間待ったことになる。

直人は遺骨を持ち帰った飛行機の中で、少しうとうとして夢を見ていた。それは出張で長崎に帰った時の夢であった。

母は認知症の影響なのか、直人に毎回同じことを繰り返し話していたが、その時は珍しく直人が初めて聞く話であった。

「実はね、私は女学校の時に将来結婚しようと約束していた男性がいたのよ。お母さんはてっきりその人と結婚するものだと信じていたの。ところが、戦時中にお父さんが心配して熱心にうちの家に来てくれ、母子家庭の私たちを守ってくれたのよ。その熱意に負けて、とうとうお父さんと結婚することになったの」

直人はその話を聞いて、「もしその男性と結婚していたら、自分は生まれて来なかったんだ」と思い、夢の中で何か複雑な気持ちになった。直人は母は最初から父が好きで結婚したんだと思っていたが、学生時代に母にもそれなりの青春時代があったんだと、なぜか夢の中で安堵《あんど》したような気持ちにもなった。

それからの母の様々な苦労を考えると、果たして本当に父と結婚して良かったのか、今となっては聞くことはできないが、母の一生は決して順風満帆なものではなく、波瀾万丈《はらんばんじょう》だったことは間違いない。

第八章　原爆の大罪

太平洋戦争末期の昭和二十年（一九四五年）八月六日午前八時十五分に広島、その三日後の八月九日十一時二分に長崎に、アメリカ合衆国は、人類史上初めて原子爆弾を投下した。これによって広島で十万人以上、長崎で七万四〇〇〇人以上が一瞬にして命を奪われたのである。

これらの原爆投下は、国際法が禁止していた広範囲かつ無差別な非人道的なものであり、明らかに「戦争犯罪」であったことは間違いない。

令和四年（二〇二二年）二月二十四日に始まったロシアによるウクライナへの軍事侵攻で、ロシアのプーチン大統領は「ロシアを脅かす国に対しては核兵器の使用も辞さない」と発言し、アメリカ合衆国のバイデン大統領はそれを強く非難したが、七十七年前に実際にこの核兵器を広島・長崎を核実験場として使用したのは、ほかでもないそのアメリカ合衆国であったのだ。

長崎に投下されたプルトニウム原子爆弾コードネーム（暗号名）「ファットマン」は、広島に投下されたウラン原子爆弾「リトルボーイ」の一・五倍の威力があったと言われている。

ところが、長崎市は周りを山で囲まれた地形であったため、熱線や爆風が山によって遮断された結果、広島よりも被害が少なくて済んだそうだ。長崎に投下された原爆は当初小倉を第一目標としていたそうだが、小倉上空が天候不良（一説には煙幕がたかれたとも言われている）のため飛行士が目視で街を確認できなかったことから、第二目標としていた長崎に投下されたものである。

長崎の松山町の上空五〇〇メートルで投下された原子爆弾は、浦上地区のおよそ半径一キロメートルの付近一帯を僅か数秒で壊滅させてしまった。この爆心地は長崎市の中心部から三キロメートル以上離れ、金比羅山などの多くの山々に囲まれていたため、後に直人の父親となる山本正男や洋子の母親になる山下スマが暮らしていた長崎市内の大浦地区は、大きな被害を受けずに済んだ。

しかしながら、中国の上海から一時帰還していた正男は原爆が投下されたその夜に大浦地区の救護隊員と一緒に爆心地の浦上に駆けつけ、原爆の二次放射能を浴びている。スマは原爆が投下された時、路面電車に乗っていて爆心地に近い諏訪《すわ》神社前で被爆した。

幸いスマは電車の中にいたため、直接爆風を受けなかったことから一命は取り留めた。二人ともこの恐ろしい原爆で命を落としていれば、直人も洋子もこの世に生まれて来なかったわけである。

正男は当日のことを、当時中学生になったばかりの直人にこう話して聞かせた。

「俺は中国の上海で長く通訳として従軍していたため、終戦の前に一旦日本に帰還して養母のカメと大浦東町に住んでいたんだ。俺は大浦地区の救護隊員と一緒に、その日の夜遅くに原爆が投下された浦上に大きなリヤカーを引いて駆けつけた。その日はうだるような暑さで夜になっても一向に気温が下がらず、そのうちに黒い雨が降り出してきたんだ。周りには男か女かわからない皮膚が剥がれ落ちた無数の被爆者が「水をくれ、水をくれ」と訴えていたが、その黒い雨が降り出すとみんな静かになって、黒い雨に向かって口を開けていたよ。

俺はとてもこの世のものとは思えない地獄絵のようなその光景に居たたまれず、遠くの金比羅山の上空を見上げたんだ。するとなんと、無数の小さな火の玉が飛び交っていたのが見えたんだ。おそらく、それらは原爆が炸裂《さくれつ》してから僅か数秒で四〇〇〇度以上に達した熱風により即死してしまった多くの子どもたちの魂が、自分たちに何が起こったのかわからずに彷徨《さまよ》っている人魂ではないのかと思ったよ。子どもたちはまだまだこの世で遊びたかったんじゃないかと考えると、涙が止めどなく溢れてきて仕方なかったよ」

正男と救護隊員たちは、まだ息のある被爆者を医者や看護師のいる施設に担ぎ込み、すでに息絶えたたくさんの死体を急ごしらえの火葬場に運んだ。

一方、諏訪神社前で被爆したスマは、その時は軽傷で済んだと思っていたが、その一年半後に生まれた長女の久美に大変なことが起きたのである。原爆の後遺症である。スマの家族の悲劇はここから始まった。

それから七十二年後の話になるが、洋子にも難病という悲劇が起きようとしていた。洋子は七十二回目の長崎原爆記念日の前日の平成二十九年（二〇一七年）八月八日に、六回目の自殺未遂を起こした。グラバー園の上に建ち並んでいた民家の前でリストカットしたところを住人に発見されたのである。すぐに救急車が駆けつけ市民病院に搬送された。

　直人は行方不明になった洋子の捜索を大浦警察署にお願いしていたので、発見されるとすぐに警察署から連絡が入った。幸い洋子の手首の傷は浅かったため軽傷で済んだが、警察署の責任者は保護者である直人に、至急どこかの精神科病院に入院させるように要請してきた。

　直人は急いでいろんな精神科病院をあたってみたが、どの病院も洋子のように自傷行為を繰り返す患者は受け入れられないと断られた。

　直人は困り果てて、長崎市役所の精神障害に関する相談窓口を訪れた。そこでようやく精神科クリニックを紹介され、藁《わら》をも掴む思いでこの院長に入院できる病院を探してもらった。しかし、すぐに受け入れてくれる病院はなかなか見つからなかった。

　そうした中、大牟田の洋子の姉から直人に電話が入った。

「洋子の入院先の件で田上の廣田精神科病院の院長にお願いしたから、明日の午後二時に院長を訪ねてみてください。この病院は亡くなった姉の久美が入院していたところだから、院長はよくうちの事情を知っているし受け入れてくれると思うよ」

　直人は翌日のお昼前に洋子を連れて中央橋から田上行きのバスに乗った。その日は猛暑で暑がりの洋子はすぐに疲れ果て、もう一歩も歩けないとバス停のベンチに座り込んでしまった。何とかなだめすかしてバスに乗せたものの、直人は何を勘違いしたのか目的地の一つ手前でバスを降りてしまった。洋子を引っ張って次の停留所まで十五分ほど坂を上り、やっとの思いで廣田精神科病院に着いた。

病院内は昼間というのに妙に薄暗く、何か不気味な感じがする精神科病院であった。受付で院長にアポイントをもらっていることを伝えると、すぐに面談室に案内された。直人は団扇《うちわ》で洋子を扇《あお》いであげたが、洋子は口で荒い呼吸をして苦しそうにしていた。

しばらくすると院長が面談室に入ってきた。

「院長の廣田です。お姉さんから話は伺っています。奥さんはパーキンソン病ということですが、一見するとそんな感じには見受けられませんね。自傷行為を頻繁に起こしているそうですね」

「そうなんです。長崎に帰って来てからまだ二か月も経っていないんですが、二回自傷行為を起こしています。川崎にいる時に四回ほどありましたので、八か月で六回も自傷行為を起こしています」

直人はこれまでの経緯を正直に話した。すると、姉が院長と話がついていると言っていたにもかかわらず、彼は思いもよらぬ返事をした。

「ご主人、申し訳ありませんが、自傷行為を起こす患者は当院ではお引き受けできません。何せ看護師が不足している状況下でそんな患者を受け入れると、病院全体が回らなくなるんです」

直人は困り果ててしまい、その足で市役所に紹介してもらった簗町クリニックの院長にすがる思いでもう一度お願いに行った。これでダメだったら心中でもするしかないと悲愴《ひそう》感を漂わせながら院長に窮状を訴えた。

院長は直人の困り果てた様子を見て、すぐに自分が非常勤医師となっている道の駅精神科病院の副院長の植木に頼み込んでくれ、来週から入院することができるようになった。

しかしながら、それには条件が一つあった。それは洋子を「身体拘束」することであった。「身体拘束」を入院の条件にされたのはこれで二回目であった。一回目は、川崎の自宅で自傷行為を繰り返し、入院を勧められた時であった。

「身体拘束」と言えば、洋子の姉の久美にもそういうことがあったそうだ。

久美は昭和二十二年（一九四七年）二月十日に生まれ、昭和四十六年（一九七一年）二十四歳の時廣田病院で亡くなっている。

直人は義弟から、

「今年（令和三年）は久美姉さんの五十年忌に当たる。義兄《にい》さんも介護で大変でしょうが、ぜひこの法事に出席してください」と言われていた。そして、義弟は久美の五十年忌の法事の席で、直人に驚くようなことを暴露した。

「義兄さん、実は久美姉さんは『原爆水頭症』だったんです。二十歳の時に脳障害を発症して田上の廣田精神科病院に入院し、四年後に亡くなったんです。

最初の症状は歩行障害が起き、車椅子生活からすぐに寝たきりとなり、その後認知機能が低下して行ったんです。母はその頃洋裁教室をしていたので、一日中姉の面倒を見ることができずにやむを得ず入院させたんです。

姉は転倒を防止するため身体拘束され、次第に精神状態がおかしくなって行ったようです。当時日本政府は敗戦後に制定された『優生保護法』により障害者への強制不妊手術を進めており、姉も不妊手術を受けさせられたそうです。

ところが、亡くなった時に姉は身体拘束されていなかったそうで、それによって転倒して頭を強打したことが致命傷になったようです。

病院に駆けつけた母は、姉が身につけていた下着が自分の作った下着でなかったことに疑問を持ったそうです。今となってはその時に何があったのか解明することはできませんが、何か病院側が真実を隠しているような気がしてならないんです。廣田院長は何か知っていたんじゃないのかなあ」

○『原爆水頭症』とは、原爆による放射線被曝《ひばく》で脳に異常を来す病気。脳脊髄液の産生・循環・吸収などのいずれかの異常により髄液が頭蓋腔内に溜まって脳室が正常より大きくなる。脳脊髄液による脳の圧迫が脳機能に影響を与え、頭蓋はその圧力により肥大化する。脳圧が上がると頭痛・嘔吐《おうと》・視力異常・失明などが起きる。

○『優生保護法』とは、障害者が子どもを産むことを制限するために戦後（昭和二十三年（一九四八年））に制定された法律である。平成八年（一九九六年）までの四十八年間で八十四万五〇〇〇件に上る不妊手術が行われた。

直人は義弟の話を聞いているうちに、あることに気付いた。それは義姉久美の「原爆水頭症」の症状が、洋子の症状によく似ていることである。どちらも原因は脳の異常により発症し、それが進行していくスピードが速いことも共通していたのである。二人とも判断能力を司る前頭葉の機能が急激に低下していたことまで同じであった。

直人はある疑問を生じた。

「ひょっとすると、洋子の病気は義姉久美の病気と同じ病気なのではないか？」

もしそうだとすれば、洋子の病気も母親の被爆が原因なのかもしれない。原爆投下から七十七年も経って、未だに被爆者やその家族に後遺症を与え続けている核兵器の恐ろしさを改めて痛感させられた。

直人は戦争に対する怒りが込み上げてきた。

「どんな戦争であっても、必ずお互いにそれぞれの『正義』があり、どちらが良い悪いと白黒を付けることは難しい。話し合いによる解決ができない場合には戦争に突き進むことになり、お互い取り返しのつかない甚大な損害を与えることになる。一つ間違えれば地球が滅んでしまう可能性だって否定できない。

つまり、戦争に『勝者』も『敗者』もない。いつも高齢者・女性・子どもたちという弱者に悲惨な犠牲を強いるだけである」と。

そして、今回のロシアによるウクライナへの軍事侵攻でのプーチン大統領の「核兵器の使用も辞さない」という発言は、これまでの「核抑止力」という考え方が通用しなくなったことを証明し、国際連合と言えども戦争を抑止することができないことも露呈してしまった。戦争が起きる可能性は飛躍的に高まったわけである。

戦争を起こすのも、踏みとどまるのも、それを決めるのは国のリーダーである。

人類史上、唯一の被爆国である日本の心あるリーダーたちは、今こそ争っている国々のリーダーを説得して、戦争を終息させる役割を果たすべきではないか。それができるのは唯一の被爆国である日本だけであろう。

「日本にはなぜケネディ、来日したオバマ、ゴルバチョフのような有能なリーダーが現れないのであろうか?」

少なくともこの二人は、大統領在任中に日本の被爆地を訪れ、原爆の悲惨さを本国に伝え、核兵器をなくそうとした立派なリーダーである。日本にも早くこういう有能なリーダーが現れることを祈っている。

時間はもうあまり残ってないはずである。無能なリーダーたちにより地球が滅んでしまう前に、日本にも自分の言葉で世界に原爆の本当の恐ろしさをアピールできる、骨のあるリーダーが現れ、久美や洋子のような悲劇を二度と繰り返さないことを祈るばかりである。

第九章　父の魂

直人の父、山本正男は大正四年（一九一五年）三月一日に、現在の福岡県大牟田市の片田舎で生まれた。

父龍夘一、母ツキの二男で翌年の大正五年五月九日に、長崎の丸山の花街で置屋（遊女屋とも呼ばれ、お客の求めに応じて芸者や遊女を差し向ける家）を営んでいた山本カメの養子となった。

正男は成人するまで長崎の三菱造船所の溶接工として働き、太平洋戦争中には中国の上海で海軍に従軍した後に帰還して、大浦東町でカメと一緒に暮らしていた。その後、現在の北九州市の八幡製鉄所で働いている。

下宿先の若松で直人の母になる愛子に巡り逢って、間もなく結婚した。それから長崎に戻り理容師の免許を取得して、銅座町の春雨通りで「山本理髪店」を開業した。

しかし、父はその後脳梗塞を発症し理髪店を廃業せざるを得なくなり、古希（七十歳）を過ぎる頃から再び体調を崩して、母が父をその後十年以上介護した。

直人は洋子を介護するようになって初めて、父を長年介護してきた母の苦労がよくわかった。

父は脳梗塞・前立腺肥大・認知症と晩年は満身創痍であった。母は父が入院していた昭和会病院から電話が来るたびに「いよいよこれが最期か」と思ったそうだ。結局、父は平成十七年（二〇〇五年）五月二十五日に八十九歳で亡くなった。

直人はその時、東京丸の内銀行の企画部で次長をしていた。その日は頭取に随行して日本橋の日銀記者クラブで平成十六年度の決算発表を行っていた。前夜に父は危篤状態だと母から連絡を受けていたので、訃報を受けて「いよいよ来るべきものが来たか」という思いであった。

翌日の朝一番で長崎に戻り、大村空港からそのまま元船町の平安閣という斎場に直行した。その日はお通夜、翌日に告別式が執り行われた。告別式には一〇〇人以上の方々に参列いただいた。長崎の純心高校に通っていた長女の久美も、その日は高校を休んで来てくれた。

久美は葬儀が終わると高校のベタニア館という学生寮に帰って行ったが、途中のペットショップで生まれたばかりの黒いラブラドールの子犬を見つけたそうだ。

久美はそれから一か月ほどして、部活の弓道の試合の帰りにたまたまこのペットショップを通りがかった。すると、あの時の黒ラブラドールの子犬がこちらをじっと見つめていたそうだ。久美は思わずその子犬の方に駆け寄って声をかけたという。

「こらグレート！」

するとその子犬は自分が呼ばれたと思ったのか、久美にワンワン吠えてきたそうだ。久美は無意識のうちにその子犬を「グレート」と呼んでいたらしい。

その後、この子犬は本当に「グレート」と呼ばれることになる。久美から川崎の直人に電話があったのは、それから数日後であった。

「もしもし、お父さん？　あのねぇー、黒ラブラドールの『グレート』を飼ってもいい？」

直人はめったに頼みごとなどしない久美が、珍しくおねだりしてきたことからすぐに聞き入れてやり、この「グレート」を川崎で飼うことを了解した。

洋子が土日を利用して「グレート」を長崎まで迎えに行き、川崎の自宅に連れて来た。

「グレート」は、先に飼っていたゴールデンレトリバーの「あきちゃん」と一緒に、その日から家族の一員となった。「グレート」は「あきちゃん」を見て喜んで尻尾を振り、まるで自分のお母さんのように甘えていた。

ところが、それから数日後の朝、直人は毎朝服用していたリスモダンという不整脈の薬を窓の横に置いたまま飲み忘れて出勤してしまった。会社に着いてすぐ洋子から電話がかかってきた。洋子は会社にはめったに電話してこないことから、直人は何か嫌な予感がした。

「もしもし、直人？　『グレート』の様子がおかしいのよ。呼吸が苦しそうで時々うなり声をあげて痙攣しているのよ。これから宮前平の動物病院に連れて行こうと思っているんだけど、なぜこうなったか何か心当たりはない？」

直人はしばらく考えていたが、思わず叫んだ。

「そうだ。今朝窓の横に置いていた心臓の薬を飲み忘れたんだが、その薬はちゃんとそこに残っている?」

「そんなのないわよ。直人、もしかして『グレート』がその薬を食べたんじゃないの?」

「その可能性が高いね。とにかく急いで病院に連れて行って、先生にそのリスモダンという心臓の薬を誤って食べた可能性があると伝えてよ。犬が人間の薬を飲むと大変なことになるよ」

こうして「グレート」はその日から動物病院に入院することになった。このことは久美には知らせなかった。東京にいた長男や次男も「グレート」のことが心配でお見舞いに来てくれた。

それから約一週間後の七月十二日の夜に、「グレート」は一度も目を覚ますことなく天国に旅立ってしまった。直人は自分の不注意を、洋子は「グレート」を朝家の中に入れてしまったことを後悔した。翌日のお昼に「グレート」は火葬された。

洋子は直人にこう言った。

「直人、久美には『グレート』が亡くなったことはとても言えないわ。今日、鷺沼《さぎぬま》のペットショップに行って『グレート』に似た黒ラブラドールを探そうよ」

二人は何軒かペットショップを見て回り「グレート」によく似た黒ラブラドールの子犬を見つけた。「グレート」よりも小さかったが、久美が長崎の純心高校を卒業して川崎に戻って来る来年の三月までには大きくなるだろうと、この子犬を飼うことにした。

これですべてが上手く行くと思っていたが、久美が長崎純心高校を卒業して戻って来てこの

「グレート」を見るなりこう言った。
「『グレート』はちょっと鼻が大きくなったね。何か『グレート』と違うような気がする」
直人は久美の直感にびっくりして慌てて反論した。洋子はそれを心配そうに後ろで窺ってい
た。
「そんなことはないよ。最初から鼻は大きかったよ」
久美は直人の話に納得したのかどうかはわからなかったが、それ以上追及してくることはな
かった。

直人は「グレート」が亡くなった時のことを思い出していた。そして何か不思議なことに気付いた。まず、久美が父の葬儀を行った斎場の近くで「グレート」を見つけたという偶然である。そして二回目にたまたま出会った時に、「グレート」が遠くから自分を見つめていたことを感じたという久美の話である。

霊感の強い久美は「グレート」に何かを感じていたのではないか。そして、それは父と何か関係しているのではないかと思えてならなかった。

直人は何かを確認しようと「グレート」の誕生カードを探し出した。そこには生まれた日時が記載されていた。

『平成十七年五月二十五日十六時三十分』

直人はそれを見て鳥肌が立った。その日は父が亡くなったのと同じ日だったのである。それも時間までも同じであった。

決算発表の時間は十五時四十分から十六時三十分で、直人が父の訃報を受けたのは日銀記者クラブの決算発表が終わる頃であった。

さらに直人はもっと驚くべきことに気付いた。それは「グレート」が亡くなった平成十七年（二〇〇五年）七月十二日という日にちである。この日は父が亡くなった平成十七年五月二十五日から起算すると、ちょうど「四十九日」目である。「四十九日」は忌中の最後の法事の日に当たる。

すなわち「四十九日」は故人の魂がこの世からあの世に旅立つ日なのである。直人にはこれらのことが単なる偶然とはとても思えなかった。

「父の魂はこの世に存在していた四十九日間、直人の家族にお別れを告げるために『グレート』の身体に乗り移ってうちの家族に逢いに来てくれたのではないか」

なぜなら、父の臨終には誰一人として立ち会えていなかったからである。父は生まれてすぐに養子に出され、生みの親に育てられることもなく、亡くなる時も誰にも看取ってもらえなかったわけである。

そんなことを気にするような父ではなかったろうが、最期に直人に何かを伝えたかったのではないのか。父の魂が乗り移った「グレート」は、直人の心臓の薬がいかに強いかを身をもって直人に教えようとしたのではないか。直人はこの後、診療所の主治医にこのリスモダンをまだ飲み続けなければならないのか尋ねたところ、主治医はこう答えた。

「これはかなり強い薬だから飲まないに越したことはない。副作用の方が心配だからね。不整脈も落ち着いたし、もうそろそろやめてもいい時期かもしれないな」

「グレート」の誤食事件がなければ、直人はまだこの薬をそのまま飲み続けていたかもしれない。父は「グレート」に乗り移って直人に警告してくれたのかもしれない。

直人は生まれてからこれまで、父と遊んだり、旅行に行ったりした記憶が全くない。父と一緒に風呂に入ったこともない。父の記憶と言えば、いつも仕事をしている姿か、仕事の後に子どもたちを見ながら晩酌している姿だけである。

父の人生は、生まれてから亡くなるまで孤独で寂しいものであったのかもしれないが、唯一の幸せは母と結婚したことであろう。そして三人の子どもにも恵まれた。仕事一筋の人生で、仕事の後の晩酌を楽しみにするくらい慎ましくささやかな人生だったのかもしれない。

直人は父の四十九日の法要の後、墓前でこう言って父に感謝した。

「おやじ、長い間家族を守ってくれてありがとう。来世でもあなたの子どもとして生まれて来ることを願っているよ。これからはゆっくり休んでください」

終章　遠い世界へ

直人は毎朝四時に起床するのが日課になっている。

初めに音楽CDをかけることから一日が始まる。洋子が好きだった音楽を、夜寝るまで聴かせている。在宅介護を始めてから、こうしたCDはもう五十枚以上も買った。最初に聴かせた懐かしのフォークソング全集のCDは、犬友達の小野山夫人が貸してくれたものであった。おそらく洋子はこの音楽をこれまでに何千回も聴いたことだろう。

在宅介護をはじめた頃は歌に合わせて口を微かに動かせていたが、最近はもう全く反応を示さなくなった。先日の精密検査でも脳の前頭葉が前回よりもだいぶ萎縮していた。洋子の認知機能はほとんどなくなっているようで、ひょっとすると音楽を聴いてもそれを認識することすらできなくなっているのかもしれない。

次に直人は歯磨き、口腔ケア、痰の吸引、摘便（便を指で掻き出すこと）をする。それからベッドでのストレッチと四肢のマッサージを行った後にオムツ交換である。これらをやらないと手足が固縮してオムツ交換ができないためである。これが直人の朝の最初の仕事である。

この後は約二時間かけ、胃瘻による栄養投与とその後の薬である。それが終わると胃瘻による栄養投与で発生した痰を再び吸引する。そして午前中の介護がようやく完了する。

こうした内容を朝・昼・夕・就寝前と一日四回行って一日の介護が終わるが、時々夜中に調子が悪くなり、痰の吸引を行うこともある。

洋子が眠りに就いてから、やっと直人の時間が始まる。夜九時過ぎから十二時までの約三時間が直人の自由時間である。その時間にその日の介護内容の記載、翌日の介護準備、ニュースの視聴、筋トレ体操、裁判所や役所に提出する書類の作成などの雑用を行う。

そして就寝前の一時間ほどを利用して、一昨年から始めた終活準備の「自分史」を執筆している。直人は自分の最期を迎えた時に、この「自分史」をもう一度読み返しながら自分の人生の幕を下ろすことができれば本望だと思っている。

川崎に戻って在宅介護を始めてまもなく三年になる。洋子の病気が発症したのは平成二十六年（二〇一四年）前後だったので、介助・介護期間はそろそろ十年になろうとしている。

長崎の東西病院で二回目の精密検査を受けた時、主治医の浅井先生から、洋子の病気は「進行性核上性麻痺」で平均余命は発症してから五〜七年だろうと言われていたが、洋子はもうとっくにその余命期間を乗り越えている。

直人はこれから先何が起きるかということを考えることがよくあるが、いつも途中で考えることをやめ「なるようにしかならない、人生はケ・セラ・セラだ」と開き直ってしまう。だが、そろそろそのことを真剣に考えておかなければならない時期なのかもしれない。

洋子は八月で古希を迎え、直人も来年二月に同じく七十歳になる。二人とも残された人生はそんなに長くはないだろう。あと十年もすると直人の長男と次男は五十代前半。長女は四十代半ばになっている。やはりそのXデイについて家族で話し合っておく必要があるだろう。

先日、直人は家族が集まってこの話をしている夢を見たことがある。その夢の中で、直人は子どもたちにこんなことを話していた。

「そろそろみんなに話しておきたいことがある。私たち二人は古希を迎え、残された人生の時間はもうそんなに長くはない。私たちがお前たちよりも先に逝くことだけは間違いない。その時に一体どんなことが起きるのかということを、前もってみんなに話しておきたい。

お母さんが私よりも先に逝けば何の問題もないかもしれないが、こればっかりは誰にもわからない。万が一、お父さんが先に逝くようなことにでもなれば、厄介な問題が起きることになる。お父さんが先に逝った場合、お前たちはお母さんを在宅で看るか、入院させるかという選択を迫られるはずだ。

お父さんはこれまで在宅介護で何とか対応して来たが、その理由は病院がお母さんのようなコミュニケーションが図れない患者にどんな対応をするのかということを、嫌というほど思い知らされたからだ。病院では人手不足を理由に、ずっと付き添う看護などは到底できない。三人で話し合う時に、お父さんのこの話をぜひ思い出してほしい。

「ところで、その時に一体誰がお母さんの面倒を看てくれるんだ？」

最初に発言したのは長男の翔太であった。

「僕がお母さんの面倒は看るよ。しかし、今住んでいる家では狭くて在宅で介護することは難しい。あと十年もすれば子どもたちは長男のアルファが二十代半ば、長女のユナが二十代前半、次男の亮が高校生、次女のめいが中学生、三男の力輝が小学生になっている。長男と長女はもう家を出て独立しているかもしれないけど、まだ三人の子どもたちは家にいるはずだ。もっと広い家が必要になると思う。お父さんの家くらいの広さがないとね」

次男の燕は兄と妹にお任せという他力本願であった。

そして最後に長女の久美が、直人が想っていた通りの意見を言った。

「私はお母さんと喧嘩して家出した身だから、今さらお母さんの面倒は看ません。お父さんに何かあったら面倒は看るけど……」

三人のそれぞれの意見は、直人がほぼ予想していた通りの内容であった。結論は長男がお母さんの面倒を看るということになった。場合によっては直人の家に家族で引っ越して来ることになるかもしれない。

直人が「よし、これで決まりだ」と言おうとした瞬間に目が覚めた。

果たしてこの夢のように上手く行くかどうかはわからないが、直人はやはりそのうちにみんなを集めて相談しなければならないと思った。

直人にはもう一つ決断しなければならない重要な問題があった。

それは「洋子が今の状態をどう考えているか」という難しい問題であった。直人はこれまでに何度もこの問題を考えてみたが、未だに答えは見出せていない。

洋子は元気だった頃に「延命措置は絶対に受けたくない」とよくみんなの前で話していた。みんなもその話はよく聞いて知っていた。ところが、それは元気な頃の洋子の考えであって、今の洋子がどう考えているかは全くわからない。直人はこれまでの介護の中でよくこんなことを考えていた。

「長崎の東西病院の浅井先生が洋子の余命は五～七年と言っていたのは、病院の中で亡くなった患者の平均余命期間ではないのか。

つまり、在宅介護で亡くなった人の余命期間は、ひょっとするともっと長いんじゃないか。病院では人手不足から十分な看護や夜中の吸引などは難しい。だから病院では誤嚥性肺炎によって亡くなるケースが多いのではないか。その点、在宅介護においてはマンツーマンの介護できめ細かく対応できることから、誤嚥性肺炎で亡くなる危険性は病院よりも低いのではないか」と。

ただし、もしも洋子に「もうこれ以上生きていたくない」という意思が今あるとすれば、在宅介護は洋子の意思と反することをしているのかもしれない。洋子が「今幸せだからもっと生きていたい」という気持ちを持っているのであれば、直人は喜んで在宅介護を続けるだろう。

しかし、洋子は一日中目を閉じたまま、直人が誰であるかも認識することはできない。そんな状態で、洋子は本当に生きていたいと思うだろうか。直人はいつもここで思考停止してしまうのである。

八月の残暑厳しいある日のこと、直人は深夜、あまりにも蒸し暑くて目が覚めた。洋子もびっしょり汗をかいていた。慌ててエアコンを入れ、着替えさせてからトイレに行った。そして部屋に戻ろうとした時に、ベッドで寝ている洋子の周りを何か白いものが漂っていた。直人が急いでベッドに駆け寄ったところ、それはスウーッと消えてしまった。直人は思わず叫んだ。

「何だ。今の白いものは！」

ベッドでは洋子が何もなかったかのようにぐっすり眠っていた。直人はいつものように洋子の額に手を当て、熱がないか確認しようとしたその瞬間、突然洋子が目を開け、直人に何か言いたそうな顔をした。

直人は翌朝いつものように四時に目が覚め、昨夜のことを考え込んでしまった。ふと窓の外を見ると、まだ薄暗かったが、三階のベランダでまたあの白いものが浮かんでいた。それがおぼろげながらだんだん人のような形に見えて来た。

直人がベランダに近寄ると、そこには二人の人影が家の中をじっと見ていた。それはよく見ると、洋子の母親のスマと姉の久美のようだった。直人は思わずベランダに出た。すると二人はまたしてもスウーッと消えてしまった。

ベランダから家の中を見ると、その二人がベッドで寝ている洋子を覗き込んでいた。そして洋子を二人で抱きかかえようとしていた。

その時、洋子が目を開けて直人に言った。

「直人、ありがとう。私は直人と一緒で幸せだったわ。でもね、もうこれで十分よ。直人はこれから自分の人生を歩んで。本当に長い間ありがとう」

それは洋子の直人に対する最期のお別れの言葉のように聞こえた。

明るく活動的な洋子にとっては、とんでもなく退屈な長い寝たきり生活だったに違いない。今思えば洋子は長い間よく頑張ったものである。


直人はこの時、これまでの人生の様々な場面で助けてもらったたくさんの人たちの顔が走馬灯のように浮かんで来た。

「幼稚園、小学校の幼なじみ、学生時代の友人、銀行時代の先輩・同僚・後輩、医療・看護・介護関係の大勢の方々、皆さん、長い間本当にお世話になりました。ありがとうございました」


ある日、直人は洋子の夢を見た。それは直人が洋子を車椅子に乗せ、長崎の海の向こうに沈む綺麗な夕陽を眺めている夢であった。

洋子は嬉しそうに直人に微笑みながら言った。

「直人、長い間本当にありがとう。これからの直人の人生が百倍も幸せになりますように！」


〜完〜

あとがき

『人生の百倍返し』を書き始めるきっかけとなったのは、洋子が長崎の精神科病院に入院していた時、投与されていた薬の効果を確認するために、直人が毎日「介護記録」を記していたことからでした。

新型コロナウイルス感染が拡大する中、遠く離れて暮らしていた子どもたちにも、その「介護記録」を伝えることで、両親のこれまでたどって来た道を知ってもらおうと思いました。

しかし、よく考えてみれば、「介護記録」はこれまでの二人の人生の一部に過ぎず、実質母子家庭のような生活の中で育った子どもたちには、二人のこれまでの人生の生きざまをすべて伝えたいという思いになり、これを「自分史」としてまとめることにしました。

それを『人生の百倍返し——わが生きざまに悔いはなし』と銘打って、当初はその一冊で完結させるつもりだったのですが、書き進めていくうちに次から次へと難題が起こり、とてもそれだけでは終わらせることができなくなりました。

それでその後、『続・人生の百倍返し——生きる喜びと悲しみ』を取りまとめたのでした。

その間にも洋子の病状は容赦なく進行し、とうとう認知機能がほとんどなくなり、夫である直人が誰であるのかもわからなくなってしまいました。

直人が洋子を完治させようと無我夢中で介護を始めた頃から、もう十年という長い歳月が経ち、気が付けば二人とも古希（七十歳）を迎える年齢に達していました。

そこで直人は二人の終活準備になればと、完結編として『人生の百倍返し――遠い世界へ』の執筆に取りかかり、何とかすべてを書き終えることができました。

三部作全編を通して共通する最大のテーマは、二人がこれまでの人生の様々な場面で助けてもらった、大勢の方々に対する「恩返し（百倍返し）」でした。

「銀行編」は直人の銀行員人生の物語、「教育編」は銀行を退職した後の第二の職場での悪戦苦闘したエピソード、「介護編」は洋子の壮絶な闘病生活、「家族編」は二人を育ててくれたそれぞれの家族の運命の物語、そして最後に追加した「郷愁編」は、直人の幼い時の思い出から始まり、学生の頃の素晴らしい青春時代や新入社員時代を回想しています。

完結編を書き進めていく中で、亡くなった洋子の姉が原爆水頭症であったことを知りました。そして、直人は長崎への原爆投下という悲劇が、洋子の難病にまで影響しているのではないかということに驚愕し、戦争に対して抑えることのできない怒りを覚えながらも毎日の在宅介護で様々な問題を抱え、社会的弱者としてこれから何を目標に生きて行けばいいのかを追求し続けました。

そしてその答えは、各編に共通する「家族愛」であったことを悟るのでした。

完結編の副題「遠い世界へ」は、二人が過去・現在を精一杯生き抜き、これから訪れるであろう「未来」に向かって、それでもなお希望を胸に生き抜こうとする世界を表現したものです。「人生とは筋書きのないドラマ」と言われるように、二人の人生はまさに予想もしなかった黄昏《たそがれ》を迎えることになりました。毎日の在宅介護の中で様々な難題に押しつぶされそうになり、もうこれまでかと何度も諦めかけたこともありました。また、難病に苦しむ洋子を早くキリストにお迎えに来てほしいと祈ったことも、一度や二度ではありませんでした。

しかし、最期まで天寿を全うしなければならないと考え直すことができたのは、やはりこの「家族愛」があったからでした。

二人はこれから「未来」という次の世界に向けて歩み出そうとしています。長崎で生まれ育った二人は、長崎の綺麗な海の彼方《かなた》に沈んで行く夕陽を眺めながら、これまでの人生を振り返り、これから訪れるであろう二人の「未来」に胸を弾ませ、「遠い世界へ」と旅立って行くのです。

『人生の百倍返し』主な出来事・年表

一九五三年（昭和二十八年）　直人誕生
一九六〇年（昭和三十五年）　長崎大音寺幼稚園卒園
一九六五年（昭和四十年）　長崎市立南大浦小学校卒業
一九六八年（昭和四十三年）　長崎市立梅香崎中学校卒業
一九七一年（昭和四十六年）　長崎県立長崎南高等学校卒業
一九七六年（昭和五十一年）　長崎大学経済学部貿易学科卒業
一九七六年（昭和五十一年）　丸の内銀行入行（福岡支店配属）
一九七九年（昭和五十四年）　丸の内銀行元住吉支店転勤・洋子と結婚
一九八〇年（昭和五十五年）　長男翔太誕生
一九八二年（昭和五十七年）　次男燕誕生
一九八六年（昭和六十一年）　長女久美誕生
一九八七年（昭和六十二年）　丸の内銀行企画部着任
一九八九年（平成元年）　丸の内銀行ニューヨーク証券取引所上場・日経平均四万円
一九九〇年（平成二年）　不動産業向け貸出の総量規制開始・東西ドイツ統一
一九九一年（平成三年）　大手証券会社の損失補填問題発生
一九九二年（平成四年）　バブル経済崩壊開始（失われた十年）
一九九三年（平成五年）　共同債権買取機構設立・国際自己資本比率規制開始
一九九五年（平成七年）　大和銀行巨額損失事件発生・住専処理発表
一九九六年（平成八年）　丸の内銀行と東京日本橋銀行の対等合併・金融ビッグバン
一九九七年（平成九年）　北海道拓殖銀行破綻・山一証券廃業

一九九八年（平成十年）　大蔵省接待汚職事件発生・大手銀行に公的資金注入
一九九九年（平成十一年）　不良債権認定基準を米国基準に変更
二〇〇〇年（平成十二年）　稲穂銀行三行統合・東京丸の内銀行と丸の内信託銀行統合
二〇〇一年（平成十三年）　井桁銀行と三越銀行合併・ニューヨーク同時多発テロ事件
二〇〇二年（平成十四年）　繰延税金資産問題深刻化・米国アーサーアンダーセン解散
二〇〇三年（平成十五年）　連結納税解禁・日経平均株価最安値（七六〇七円）
二〇〇四年（平成十六年）　ハシブト（嘴太）ガラス『バナナ』が家族の一員になる
二〇〇五年（平成十七年）　ミツワ銀行検査忌避事件・ＥＵ域内ＩＦＲＳ義務化
二〇〇六年（平成十八年）　東京丸の内銀行がＵＢＪ銀行を救済合併・愛犬あき永眠
二〇〇七年（平成十九年）　リーマン・ブラザーズ破綻
二〇〇八年（平成二十年）　モルゲン・スタンリーへ九〇〇〇億円資本支援
二〇一〇年（平成二十二年）　丸の内東京ＵＢＪ銀行退職
二〇一一年（平成二十三年）　会計教育財団再就職・東日本大震災発生
二〇一四年（平成二十六年）　洋子パーキンソン病発症
二〇一六年（平成二十八年）　会計教育財団退職
二〇一七年（平成二十九年）　洋子長崎の道の駅病院入院・直人心臓手術・母永眠
二〇一八年（平成三十年）　洋子胃瘻造設・川崎での在宅介護生活スタート
二〇一九年（令和元年）　洋子誤嚥性肺炎で桜田門病院入院・義母永眠
二〇二〇年（令和二年）　愛犬グレート永眠・遺産相続調停（義姉・義弟）
二〇二一年（令和三年）　直人ボランティア活動開始・同期の平塚を見舞う
二〇二二年（令和四年）　ボランティア会場でクラスター発生・義弟が義姉を提訴・後輩の平田誠
永眠・洋子検査入院・南大浦小学校同窓会開催
二〇二三年（令和五年）　人生の同窓会開催

この作品は著者自身の人生を基にした小説ですが、数々のエピソードはフィクションも含まれています。

個人名、企業名等、仮名を使用しているものがあり、また実在の団体とは一切関係がありません。

著者プロフィール

山口 勝美（やまぐち かつみ）

1953年長崎県生まれ。

長崎大学卒。

1976年に大手都市銀行に入行し福岡支店、元住吉支店を経て四半世紀にわたり、同行企画部に在籍。

その間、八人の頭取に仕え、金利の自由化、護送船団方式の終焉、ニューヨーク証券取引所上場、BIS自己資本比率規制、金融ビッグバン、バブル崩壊、不良債権問題、金融庁検査、銀行破綻、経営統合、リーマンショックなどまさに銀行の激動期を身をもって体験。

銀行退職後は教育財団の事務局長として、財団の再建、会計教育および後進の育成に注力した。その後、難病に罹った妻を介護するため、在宅介護に専念。

■著書
『人生の百倍返し わが生きざまに悔いはなし』（文芸社、2021年）
『続・人生の百倍返し　生きる喜びと悲しみ』（文芸社、2022年）

完結編・人生の百倍返し 遠い世界へ

2023年3月15日　初版第1刷発行

著　者　山口 勝美
発行者　瓜谷 綱延
発行所　株式会社文芸社
〒160-0022　東京都新宿区新宿1－10－1
電話　03-5369-3060（代表）
03-5369-2299（販売）

印刷所　図書印刷株式会社

ISBN978-4-286-30118-1　JASRAC 出2210282－201